T0284309

Juls, Juliette

Juls, Juliette

Toni Villalobos

El paper utilitzat en aquesta edició compleix els requisits mediambientals FSC, que garanteixen un circuit sostenible en tota la cadena de producció.

Equip editorial:

Edició: IMC - Isabel Martí
Coordinació d'aquesta edició: Montserrat Casassas
Projectes: Sara Moyano
Disseny de la col·lecció: Editorial Barcanova

Fotografia de la coberta: Getty Images

Mallorca, 45, 4a planta
08029 Barcelona
Telèfon 932 172 054. Fax 932 373 4 69
barcanova@barcanova.cat
www.barcanovainfantilijuvenil.cat

Tercera edició: febrer de 2011
Segona impressió: octubre de 2013
ISBN: 978-84-489-2158-3
DL B. 6143-2011

Printed in Spain
Imprès a Romanyà Valls, SA

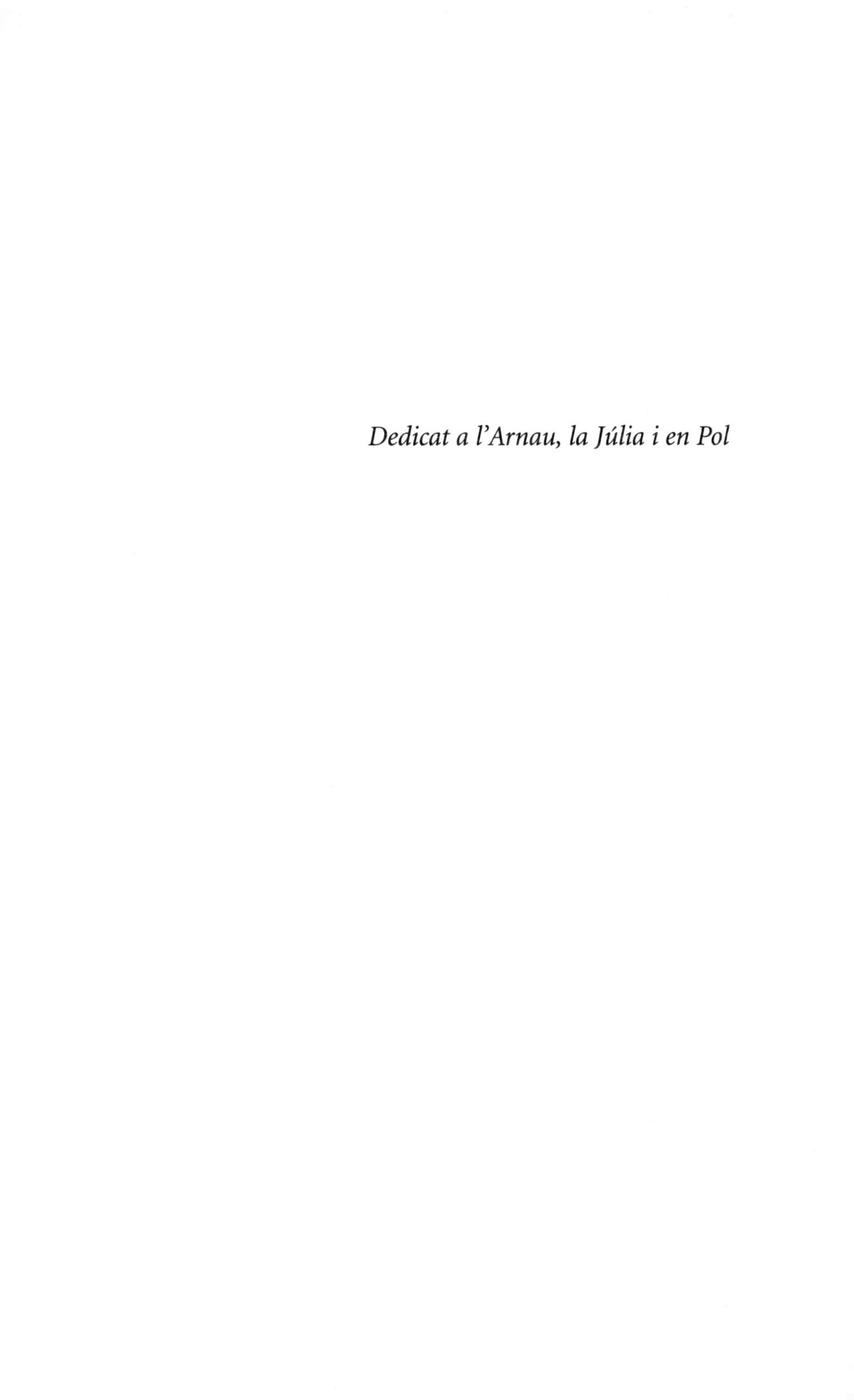

Dedicat a l'Arnau, la Júlia i en Pol

ÍNDEX

CAPÍTOL 1

La Júlia passava en aquell precís instant per davant del televisor, que, com sempre, estava engegat parlant sol. L'Anna, la seva mare, el tenia connectat tothora, encara que es trobés a la cuina o a l'habitació.

Estaven fent les notícies, i es veia l'accident d'un camió en una autopista molt a prop de Barcelona.

—Corre! Mare, vine! —va cridar la Júlia, tot buscant el comandament de la tele.

—Què passa? —va preguntar l'Anna, espantada, amb un plat d'ous a les mans.

—No és el camió del pare? —deia la Júlia mentre apujava el volum de l'aparell.

El soroll del plat pel terra i els ous trencats, amb els rovells grocs al descobert, van ser la resposta.

Una veu en off acompanyava aquelles imatges esgarrifoses:

«Aquest matí, a quarts de vuit, a l'altura del quilòmetre 170 de l'autopista AP-7, el camió amb matrícula 4670 DJK ha tingut un accident greu. El conductor, Josep Llop, ha estat traslladat a l'hospital de Bellvitge amb pronòstic reservat. Es creu que la causa de l'accident ha estat l'alta velocitat a què circulava. En el moment de l'accident, passava pel lloc un equip de televisió d'aquesta casa, que ha pogut captar les imatges que els estem oferint.»

A continuació es veia com al camió, just després de l'accident, s'hi produïa un petit incendi que cremava bona part de la cabina; al costat es podia veure la fotografia ampliada d'un llop corrent per una estepa. Era el grafit que el pare de la Júlia havia manat que li pintessin al remolc feia un parell de mesos.

El telèfon va començar a sonar insistentment. La mare i la filla continuaven mirant les notícies i ni tan sols el van sentir.

El telèfon continuava sonant. Després d'un lleuger parpelleig, la Júlia el va agafar.

—Digui'm? —va preguntar sense treure la vista del televisor.

—Anna Boix, si us plau?

—Com diu?

—Que puc parlar amb l'Anna Boix? Truco de la comissaria dels Mossos d'Esquadra. Sóc el sergent Martí Vilarassau.

—Un moment, que ara s'hi posa —va respondre la Júlia mentre apropava el telèfon sense fil a la mare—. És un sergent dels Mossos d'Esquadra —va dir tartamudejant.

L'Anna va agafar l'aparell com si fos un autòmat. Tot un munt de monosíl·labs li van sortir de la boca. Quan va acabar, va penjar el telèfon, va seure al sofà i es va posar les mans a la cara.

—És viu, encara és viu —deia entre sanglots—. És a la UVI.

Van passar uns segons que semblaven eterns.

—Anem! Ràpid! —va exclamar la mare eixugant-se les llàgrimes amb el davantal.

Després va agafar la bossa i va tancar el foc de la cuina; la Júlia, mentrestant, va sortir al replà i va prémer el botó de l'ascensor.

—Va, va, va —anava dient, mentre saltironejava tota nerviosa.

Van pujar a l'ascensor i van estar callades fins a la planta baixa. L'Anna s'havia posat les ulleres de sol per dissimular els ulls plorosos. En sortir al carrer, van aturar el primer taxi que passava.

—A l'hospital de Bellvitge, si us plau!

El taxista va pitjar un botonet del seu comptador i l'import es va digitalitzar en unes xifres vermelles a la pantalla.

Continuaven callades.

El conductor les observava pel retrovisor, però no es va atrevir a dir res. Era un bon professional que sabia quan els passatgers volien conversa, i aquelles dues no estaven per romanços. Va engegar la ràdio per fer-se una mica de companyia. La locutora informava que l'embús que hi havia a la sortida cap a Tarragona era a causa de l'accident d'un camió, el qual havia produït un incendi als arbustos de la mitjana de l'autopista...

—Apugi el volum, si us plau! —va demanar l'Anna a la vegada que agafava la mà de la Júlia.

Des de l'emissora donaven pas a una unitat mòbil que s'havia desplaçat al lloc dels fets per cobrir la notícia.

—Tot sembla indicar que el camió anava amb excés de velocitat... —deia una veu d'home—. L'accident no ha causat cap víctima mortal. El conductor ha estat traslladat en ambulància fa poc més de mitja hora. Aquí tenim un testimoni que ha vist com ha succeït tot.

—Segons ens han dit, vostè anava darrere del camió quan...

—Sí, sí, sí. —La veu d'un noi força atabalat va interrompre el periodista— ... ha estat increïble! Estava a punt d'avançar-lo quan de sobte el camió ha accelerat i ha fet un moviment molt estrany, com si el camioner s'hagués adormit o s'hagués desmaiat.

La Júlia va esclatar en un plor.

—Que el coneixen? —va preguntar el taxista sense poder dissimular la seva curiositat.

—És el meu marit —va dir l'Anna, mentre buscava un paquet de mocadors de paper.

—Permeti'm! —va contestar el taxista mentre li'n oferia un dels seus i abaixava el volum de la ràdio.

En aquell moment parlaven del temps.

—Gràcies!... Ens han dit que està greu —va continuar l'Anna.

—No es preocupi, ja veurà com se'n surt!

Al cap de cinc minuts, el taxi s'aturava davant la porta d'urgències de l'hospital i, després de pagar, es van acomiadar.

—La UVI, si us plau? —va preguntar l'Anna a informació.

—Per qui demanen?

—Pel pacient Josep Llop. Sóc la seva dona i ella és la nostra filla.

—Les estàvem esperant —va respondre una infermera—. El doctor Andreu Sastre és qui l'atén i ara mateix es troba al quiròfan. Si volen pujar, és a la planta novena. Per l'ascensor de l'esquerra hi arribaran més ràpid.

Aquell ascensor pujava a una velocitat de vertigen. Tant la mare com la filla, que no gosaven ni mirar-se, es van dedicar a observar els petits rètols que hi havia enganxats a les parets: «No fumeu, si us plau», «Es prega silenci», «Desconnecteu els mòbils».

Van obrir la porta que donava entrada a la UVI. Una gran vidriera els separava d'un llit on hi havia una persona tota intubada, amb la cara embenada i enganxada a un bon grapat d'aparells.

—Que són familiars? —va sonar una veu al seu darrere.

—Sí, és el meu marit.

—Sóc el sergent Vilarassau.

La Júlia primer es va fixar en la placa; després, en la foto del carnet, i a continuació, en els ulls...

CAPÍTOL 2

... d'en Martí Vilarassau, el sergent dels Mossos d'Esquadra que havia trucat a casa aquell matí. Eren de colors diferents: l'un era verd i l'altre, blau.

La Júlia no ho havia vist mai, allò, en un ésser humà, però sí que ho havia vist en una gata i, fins i tot, en un conill. També havia sentit a dir que les persones que tenien aquest tret diferencial eren especials.

—Voldria fer-li unes quantes preguntes —va dir el dels ulls heterocromàtics.

—Però i el meu marit? Com està? —va preguntar desconcertada l'Anna.

—Jo no la'n puc informar detalladament, però el doctor que l'ha visitat diu que ara es troba estable —va afegir el sergent molt amable.

L'Anna va seure en una de les cadires que hi havia en aquella petita sala d'espera i, instintivament, va obrir la bossa de mà i en va treure el paquet de cigarretes. La Júlia es va quedar al seu costat intentant esbrinar en què podia ser especial, aquell policia.

En un bloc de notes, el sergent escrivia les respostes a les seves preguntes. No semblava que aquelles preguntes tinguessin gaire importància per a la Júlia, fins que una d'elles la va deixar al·lucinada:

—... El seu marit pren alguna mena de substància al·lucinògena o estupefaent?

—No, és clar que no! —va respondre l'Anna tot prement amb força el paquet de tabac.

La Júlia se'l va quedar mirant i va pensar que ja havia descobert què tenia d'especial...

... Era un idiota!

—Lamento comunicar-li que les proves que li han practicat han donat positiu —va continuar el policia, sense bellugar cap múscul de la cara—, i en dosi elevada.

—Si la meva mare diu que el meu pare no es droga, és que no ho fa! —va engegar-li la Júlia tot alçant la veu.

—Escolti, digui a la seva filla que faci el favor de comportar-se. Jo no en tinc la culpa, dels resultats de l'anàlisi —va xiuxiuejar en un to tranquil i educat el sergent Vilarassau.

L'Anna es va treure el moneder de la bossa i va enviar la Júlia a comprar una llauna de coca-cola.

Quan la noia marxava cap a la cafeteria, encara va sentir com la mare demanava disculpes a aquell impresentable.

—Perdoni, però com pot comprendre estem molt trasbalsades i aquesta pregunta no ens l'esperàvem.

La Júlia, enfadada com estava, havia decidit perdre's una estona per l'hospital. Va enfilar per la sala de maternitat fins a arribar a una gran habitació on es podien veure, a través d'una paret de vidre, un munt de llitets. Cada bressol duia el nom del nen o nena, acompanyat d'un dibuix ple de coloraines i força original. A la dreta d'aquesta sala es veia un passadís ple de flors amb targetes de felicitació. Una barreja d'olors de roses vermelles, clavells rosats, espígols morats, gessamins blancs... van embafar la pobra Júlia. Cada cop que passava pel davant d'una porta i sentia les converses, va pensar que els rètols de «Silenci, si us plau» devien formar part de la decoració. De sobte, va sentir una veu coneguda que no li agradava gens ni mica. Va girar cua i, amb tres o quatre gambades, es va presentar a la primera habitació que va trobar amb un ram de violetes que havia agafat de terra.

—Bon dia —va dir, sense ni tan sols veure amb qui parlava—. De part de la família Llop Boix, moltes felicitats pel naixement del seu fill.

—Moltes gràcies per les flors, senyoreta, però em sembla que s'equivoca. Jo estic hospitalitzat perquè m'acaben d'operar d'hemorroides i aquestes flors deuen ser per a l'habitació que hi ha al davant. Sóc en aquesta planta perquè la que em toca està plena —va respondre un senyor que estava estirat mirant la tele.

—Ai, perdoni, vaig una mica esverada avui, amb tantes comandes —va reaccionar la Júlia sense immutar-se.

Abans de sortir, però, es va assegurar de no trobar-se cara a cara amb la persona de qui fugia. Després, amb el ram davant del rostre, va arribar a la sala on es trobava la seva mare, que encara estava sent interrogada pel brètol dels ulls *due colori*. Es va situar estratègicament al darrere d'una columna. Des d'allí podia veure la mare, però a la vegada era observada per una bocabadada infermera que remenava una tassa de cafè. La Júlia li va dedicar un petit somriure de mig disculpa, mig «no em delatis». La infermera l'hi va tornar i va continuar remenant. Es va asseure i va esperar a veure com s'acabaria aquella entremaliadura. La Júlia va picar-li l'ullet i la infermera li va correspondre. Tot plegat semblava ben ridícul; així doncs, va decidir treure el cap per un costat de la columna i el que va veure no li va agradar gens ni mica...

CAPÍTOL 3

... perquè l'Artur, el soci del pare, l'home de qui la Júlia fugia, estava abraçant la mare d'una manera massa efusiva. L'estava consolant, sí, però a la Júlia no li acabava d'agradar aquella abraçada ni aquella mà que pujava i baixava tantes vegades per l'esquena fins a gairebé tocar-li el cul. No entenia per què li havia de fer tants petons! Fins i tot el sergent semblava una mica confús i, després d'escriure alguna cosa a la llibreta, va fer alguna pregunta a l'Artur. Quan va acabar, els va saludar i va marxar. La Júlia, com que estava lluny d'ells, no va poder sentir res. L'olor de les violetes la va fer reaccionar; encara no havia anat a la cafeteria a comprar-se el refresc. No és que tingués set, però en cap moment no volia fer enfadar la mare. Va deixar l'amagatall de la columna i va marxar cap al bar, mentre el seu cap no feia altra cosa que pensar en el que havia vist. Abans, però, va donar una llambregada a la infermera per veure si continuava observant-la. No la va decebre. La que remenava el cafè va aixecar el got de plàstic i se'n va beure el contingut com si ho fes a la seva salut. A continuació la va saludar afable i després va desaparèixer en un petit despatx, on hi havia dues companyes més que treballaven i xerraven alhora.

Quan la Júlia va tornar al cap d'una bona estona, l'Anna encara tenia el paquet de Winston a la mà dreta i l'encenedor a l'esquerra. Tot feia pensar en la lluita que es lliurava en el seu cap. Ja havien passat dos anys ben bons des que havia deixat de fumar, però sempre portava un paquet de tabac i un encenedor a la bossa. Havia dit moltes vegades que era la seva manera de combatre el perill de tornar-s'hi a enganxar. «Mentre el tinc a prop no el trobo a faltar i, a la vegada, és la manera de dir-li que no el necessito», deia quan li preguntaven per què portava tabac a sobre si no fumava. Els seus dits neguitosos movien un cigarret que ja començava a estovar-se i que, de mica en mica, sembrava el terra de trossets de tabac ros.

—Ei, Júlia com estàs? —va dir l'Artur mentre s'apropava amb aire decidit a fer-li un petó.

—Tu què creus? —va engegar-li la noia allargant-li la mà per evitar que se li apropés massa.

Però de res li va servir. L'Artur se li va arrambar i li va fer dos petons després d'agafar-li la cara.

—Li he dit a la mare que, si us fa falta qualsevol cosa, eh?, qualsevol cosa, compteu amb mi —va recalcar l'Artur prement-la, ara fortament, contra el seu pit i fent-li olorar aquella colònia tan bona que acostumava a portar, l'únic que valia la pena d'aquella persona.

—Gràcies —va respondre la Júlia seient en una cadira i fixant la vista en la llauna de coca-cola.

L'Artur, després de mirar el rellotge de polsera, es va acomiadar, no sense abans insistir altre cop amb els seus petons i abraçades.

Quan es van quedar soles, a la sala d'espera, la Júlia va buidar el pap com aquell que fa neteja d'algun verí que s'acaba d'empassar.

—És un masclista prepotent que es pensa que tothom viu gràcies a ell!

—Filla, ara no estem en condicions de menysprear qualsevol ajut. El pare està força greu allà dins i, segons el sergent, conduïa drogat i corria massa. L'empresa concessionària ens pot demandar per haver causat danys a l'autopista, però encara podem donar gràcies que no hi ha hagut cap víctima. L'Artur, vulguis o no, és amic nostre i és l'únic que ens pot ajudar perquè era soci del teu pare; així que has de tenir una mica de paciència i fes el favor de pensar més amb el cap que amb el cor.

—Sí, tens raó mare, però quan penso com n'estàvem, de tranquil·les, abans que el pare canviés de feina... Ja se sap que l'ensenyament estressa, però això de dedicar-se al transport de productes exòtics per distreure's és una mica difícil d'entendre, oi? Tu mateixa ho deies: al principi tot anava molt bé i estava content, però d'un temps ençà no li vèiem el pèl i encara estava més angoixat. I tot per culpa dels deliris de grandesa de l'Artur: sempre s'havia de guanyar més!

Després de parlar, la Júlia, va agafar una revista de damunt la taula, la va fullejar, la va rebregar i va acabar deixant-la al mateix lloc on l'havia trobat. A continuació es va fixar en el rellotge que hi havia a la paret. Els segons, a mesura que anaven passant, li ressonaven fortament al cervell com les campanades d'una església propera. Tot es produïa en càmera lenta, molt lenta. Veia la mare a la seva dreta, que intentava recuperar la calma tot respirant profundament. Separada per dues cadires, hi havia una senyora vestida de blanc que llegia una d'aquelles revistes on sortien totes les xafarderies de la gent famosa. De tant en tant passaven infermeres carregades amb estris diferents, molt atrafegades. Estava tan distreta que va trigar a reconèixer la vibració del seu mòbil. Li estaven trucant; en va mirar la pantalla i hi va llegir: Blai.

—Ei, Júlia, què li ha passat al teu pare? He vist l'accident per la tele! Que fort, no?

La noia, fent un esforç per no plorar, li va explicar que eren a l'hospital de Bellvitge i que el pare estava ingressat a la UVI.

—Faig un mos i vinc de seguida.

—Qui és? —va preguntar la mare.

—És en Blai. Diu que ara ve.

Mare i filla es van mirar amb complicitat.

—Que hi tenen algun malalt, aquí?

La senyora que llegia la revista de xafarderies va voler fer el xafarder directament.

—Sí senyora, el meu marit, el pare de la nena, que ha tingut un accident de circulació —va respondre amb cortesia l'Anna, mentre la Júlia premia les barres: no suportava la paraula *nena*, i menys quan la persona amb qui parlaven era una desconeguda.

—Doncs jo estic fent companyia a una veïna meva que

ha tingut un atac de cor i, pobreta, no té ningú més que se'n pugui ocupar. Bé, de fet, té una filla, però és de viatge al Carib amb una amiga seva. Ja em dirà què han de fer dues noies soles en un país estranger, tan lluny de casa... És que avui en dia el jovent no pensa res de bo. Apa! A passar-s'ho bé, que són dos dies... Ja veurà la seva filla!... Perquè m'ha dit que és la seva filla, oi?... Tot i que no s'assembla gaire a vostè..., sobretot en la manera de vestir..! A vostè se la veu tan entenimentada...! Em deixa dir-li una cosa a la seva filla...? Nena, que no portes sabates? Com és que vas amb els camals arrossegant pel terra?... Si fos per mi, no et deixaria sortir de casa!

La Júlia va remugar en veu baixa:

—Quina bruixa! Vostè què n'ha de fer, de com vaig vestida, jo? I com li fa companyia, a la seva veïna, llegint revistes i xafardejant en els problemes de les altres persones?

—Vols callar, que et sentirà! —li va manar la mare fent cara de circumstàncies a la senyora de blanc.

Mentre parlaven, es va apropar un metge acompanyat de dues infermeres.

—Hola, sóc el doctor Andreu Sastre. Vostè és l'esposa del senyor Josep Llop, oi?

—Sí senyor, i aquesta és la Júlia, la nostra filla.

—No he pogut venir abans perquè estàvem operant una pacient. Em sap molt greu dir-li que el seu marit, a causa de l'accident, ha tingut un hematoma cerebral que li ha provocat una anòxia, és a dir, una falta d'oxigen, al cervell...

—I això, en concret, què vol dir?

—Que el seu estat és molt delicat. No cal dir-li que farem tots els possibles per salvar-li la vida, però ara ja no depèn de nosaltres sols, sinó més aviat de la seva resistència.

La Júlia semblava que mirés a l'infinit, mentre els ulls se li negaven. De sobte li va canviar la cara, es va deixar anar de la mare...

CAPÍTOL 4

... i va córrer pel passadís per llançar-se al coll de la persona que acabava de sortir de l'ascensor. Era en Martí, l'oncle, el germà de l'Anna, que vivia a París i havia vingut a passar uns dies a la Costa Brava. Ell i el pare eren els dos únics homes adults amb qui la Júlia se sentia a gust i en els qui més podia confiar.

—Tranquil·la, reina! —li va dir en Martí mentre li eixugava les llàgrimes i li feia dos petons.

—Està en coma, Martí! —li va engegar l'Anna, afegint-se a l'abraçada.

Els dos germans, després de mirar-se fixament, es van dirigir cap al doctor. Aquest va tornar a repetir la paraula que la Júlia havia descobert feia uns minuts: anòxia cerebral. Semblava que, en el moment de pronunciar-la, els llavis se li alentissin i el passadís es convertís en un túnel tancat on les paraules rebotaven per les parets.

—I què hi podem fer, doctor? —va preguntar en Martí.

—Em sap greu dir-ho, però nosaltres poca cosa més hi podem fer. Tot depèn del seu cunyat...

—Què vol dir això?

—Doncs vol dir que depèn de les ganes de viure que tingui. Pensi que el seu cos està lliurant una gran batalla i és molt difícil saber-ne el resultat final. Hi ha molta gent que se n'acaba sortint. Les meves paraules són dures, però certes. La ciència té uns límits; el que passa és que aquests casos són imprevisibles. No podem tancar la porta als esdeveniments per molt estranys i confusos que siguin. Jo només els puc demanar que no perdin l'esperança.

Després d'acomiadar-se del doctor, van seure a la sala d'espera. La Júlia es va situar entremig de la mare i l'oncle. Amb una mirada penetrant va clavar un «pobra de tu, que arribis a parlar» a aquella senyora xafardera que fullejava revistes tafaneres i que els contemplava a tots tres de reüll.

—Acabava de dutxar-me quan he sentit el que deien per la ràdio. Després he connectat la tele i he reconegut la cabina amb el llop pintat al costat. He agafat el cotxe i he vingut de seguida —va dir en Martí reprenent la conversa—. Tu saps d'on venia, el Josep?

—Venia del Marroc. Hi havia anat a fer un transport d'electrodomèstics i de tornada havia de venir carregat amb catifes i artesania berber. Els Mossos d'Esquadra ho han corroborat fent una inspecció del material que portava. No era el primer cop que feia aquest viatge; de fet, l'estora que posem al menjador durant l'hivern ens la va portar ell. Martí, la policia ens ha dit que ha donat positiu en unes proves que li han fet per saber si conduïa drogat. Tu t'ho creus?

—Què dius? Això és impossible! Demanarem unes altres proves per rebatre aquesta infàmia.

La Júlia es mirava el seu oncle bocabadada. Tenia un tarannà que li encantava, amb una seguretat que el feia d'allò més interessant. Va respirar alleugerida, però no deixava d'intimidar amb la mirada l'harpia de les revistes, no fos cas que intentés ficar cullerada a la conversa. «Ara veurà aquell policia dels ulls de coloraines amb qui se les heu», es va dir per a si mateixa.

Van anar a dinar al restaurant de l'hospital. Allà en Martí es va treure una agenda amb les tapes de cuir i gravada amb les seves inicials, M. B. Quan va veure que la Júlia se la mirava, li digué:

—Me la va portar el teu pare d'un dels seus viatges. Era... Bé, vull dir que és —va rectificar de seguida— una persona molt detallista... A veure, així que el Josep venia del Marroc? —va preguntar aleshores dirigint-se a l'Anna mentre destapava una estilogràfica d'or.

—Això és el que em va dir. De fet, l'últim cop que hi vaig parlar, fa uns dies, va ser mentre creuava l'estret de Gibraltar.

—Et va comentar alguna cosa en especial?

—No...

—El seu to de veu era el de sempre?

—Sí...

—Se l'entenia quan parlava?

—Ai, noi, no t'entenc!

—A veure, Anna, si la policia diu que ha trobat algun tipus de droga a l'anàlisi que li han fet, hem d'estar preparats per saber d'on venia drogat...

—Tiet, tu amb qui estàs? —va preguntar enfurismada la Júlia.

—Jules, Jules. —Aquest era el nom afectuós amb què tant la mare com en Martí anomenaven la Júlia, encara que l'Anna preferia dir-li Juliette—. Hem de lligar tants caps com sigui possible. Pensa que el teu pare viatja per l'estranger i viu moltes situacions compromeses. És prou capaç de sortir-se'n, però no estem parlant d'anar a l'institut, sinó de posar-se a la carretera i de contactar amb persones sense escrúpols i sense res a perdre. Jo no em refereixo que ell s'hagi drogat conscientment, però fins que no es desperti hem de mirar el ventall de possibilitats i trobar-hi les respostes adients...

—Les càmeres! —va cridar la noia.

—Quines càmeres? —va preguntar encuriosit l'oncle.

—Ai, sí, és veritat. No hi havia caigut fins ara —va insistir l'Anna mentre es posava la mà sota la barbeta—. En Josep, sempre que va de viatge, acostuma a portar una càmera fotogràfica i una de vídeo. Tenim uns reportatges molt bons de tots els llocs on ha estat. Oi que sí, Júlia?

—Sí, sí, i segurament que a la pel·lícula sortirà amb les darreres persones que s'ha trobat i per on ha passat —va acabar insistint la Júlia, més animada.

En Martí va deixar d'escriure i es va quedar pensatiu mentre abocava el sucre dins del cafè i després remenava. A causa del moviment circular de la cullera, una gota de color marró es va barrejar amb les inicials de l'hospital que tenien impreses tant la tassa com el platet.

—I on són, aquestes càmeres? —va inquirir nerviós l'oncle.

—Això no ho sabem. Potser les tenen els Mossos —va sentenciar la Júlia.

—Ja ens ho haurien dit —va continuar l'Anna.

—O potser no, potser n'estant investigant el contingut —va afegir en Martí mentre guardava l'estilogràfica i l'agenda a la butxaca de l'interior de l'americana.

—Això s'arregla preguntant-ho al tòtil d'en Vilarassau —va deixar anar la noia amb una mica de ràbia.

—Qui és aquest Vilarassau i per què li dius «tòtil»? —va voler saber l'oncle mirant-se la neboda seriosament.

—És un sergent dels Mossos d'Esquadra, el que ens ha dit que en Josep conduïa drogat —va dir l'Anna, intentant disculpar la Júlia.

—Ara ho entenc.

En aquell moment va arribar el cambrer, un senyor ben pentinat amb els cabells plens de brillantina, i després de deixar-los el compte, va començar a desparar taula. En Martí va agafar la nota i es va treure un bitllet de cinquanta euros. El va doblegar diverses vegades fins a convertir-lo en un ocellet de paper.

—M'encanta la papiroflèxia! —va exclamar picant l'ullet a la Júlia, que se'l mirava embadalida.

Després va agafar una de les tovalles de paper i, amb una velocitat inusual, va fer un gos assegut sobre les potes del darrere. Una nena que seia al costat d'ells, acompanyada de la seva àvia, va riure encantada i en Martí l'hi va regalar.

—És per a tu. Et farà companyia i et vigilarà la casa —li va xiuxiuejar.

L'Anna, mirant-se'l dolçament —era la primera vegada que somreia en tot el dia—, va bellugar el cap i va dir:

—No canviaràs mai, Martinet.

Li deia «Martinet» quan es posaven tendres.

—Vaig al lavabo —va dir secament la Júlia.

Quan va passar pel costat de la barra, va sentir com el dels cabells lluents remugava mentre desplegava el bitllet de cinquanta euros:

—N'hi ha que es pensen que són molt graciosos! Com si no tinguéssim prou feina! Ara fins i tot hem de jugar a desfer ninots de paper.

La noia que hi havia darrere la barra i que s'encarregava de la cafetera hi va afegir un altre tipus de comentari, posant els ulls en blanc:

—Sí, però no em diràs que no està bo, aquest paio!

La Júlia va tenir una sensació ben estranya: no sabia si s'havia de molestar pel comentari del cambrer o engelosir-se pel de la cambrera. Tampoc no entenia la reacció del seu oncle: tantes preguntes, tantes qüestions... per acabar fent ninotets de paper. Tot plegat l'instava a pensar que havia de fer alguna cosa pel seu compte...

—Júlia!...

CAPÍTOL 5

... La veu que va sentir era força coneguda. Es va girar i els ulls foscos d'una cara ben dibuixada, en la qual cridaven l'atenció uns llavis molsuts, se la miraven amb tendresa.

—Ei, com estàs? —va preguntar fent-li dos petons.

—Ja ho veus, feta un nyap! Està en coma, Blai! És com si fos mort, però sense ser-ho. El tenen completament intubat i connectat a una màquina.

No va poder ser més explícita.

El noi, fent un esforç per mantenir-se ferm, ja que coneixia força bé en Josep, va intentar animar la Júlia.

—Ja veuràs com se'n surt! I la teva mare, on és? Els meus pares m'han dit que li faci dos petons de part seva i, així que puguin, la vindran a veure.

—És allà, amb el meu tiet, en Martí. Vés amb ells. Vaig a fer un pipí i torno de seguida.

La Júlia va obrir la porta del lavabo i aquesta es va tancar amb suavitat al seu darrere. El gran mirall que hi havia a la paret reflectia una noia amb un cos ben format gràcies a l'esport. De la cabellera negra i esbullada que li donava un aire una mica salvatge, en queia un rinxolet que es bressolava entre els ulls tristos i preocupats. Es va mirar i, en un principi, no es va reconèixer. Estava cansada i tenia les bosses dels ulls inflades; havia plorat molt. Es va apropar a la pica i es va rentar unes quantes vegades la cara. L'aigua fresca semblava com si li entrés per cada un dels porus i li hagués donat ànims. Amb la cara mullada va obrir la porta del vàter i es va abaixar els pantalons i les calces per fer pipí. Darrere la porta no hi havia cap missatge ni escatològic ni sexual, ni cap dibuixet com els que omplien els lavabos de l'institut. Quan va acabar, es va rentar les mans i llavors es va fixar en l'aixeta de l'aigua, que tenia forma de xeringa. «Deu ser perquè som en un hospital», va pensar. Es va tornar a fixar en el mirall i hi va veure una cara més relaxada i més desperta que la que hi havia vist feia uns minuts. De tornada al bar, la mare, l'oncle i en Blai estaven parlant de forma distesa.

—Estava preguntant a la teva mare si podies venir a dormir a casa —va dir el noi.

—Però jo vull fer companyia al pare —va exclamar la Júlia.

—Pensa que et convé descansar molt. Aquesta situació es pot allargar, i tant tu com la mare heu d'estar físicament fortes, si no encara caureu malaltes —va afegir en Martí.

—Sí, dona, només uns dies. Ja em quedaré jo aquí, a l'hospital. Tu pots venir quan surtis de l'institut.

Després de sentir la mare, la Júlia es va adonar que tenien raó tots plegats i que ella, llevat de fer companyia, poca cosa més podria fer. De fet, tampoc no s'havia trobat mai en una situació com aquella i la manca d'experiència no era la millor ajuda per al problema que tenien. A més, no havia dit el metge que allò anava per llarg? Havia de pensar una mica més amb el cap i no deixar-se portar pels sentiments. El que importava a hores d'ara era que el seu pare, tot i que estava en coma, estava ben cuidat; sempre quedava una esperança i fins al final no es podia llençar la tovallola. Ho havia après jugant a bàsquet: un partit no s'acaba fins que l'àrbitre no en xiula el final. Aquesta màxima la tenia tan enregistrada que l'aplicava a totes les qüestions que l'envoltaven, també als estudis i a les amistats.

—Som-hi, doncs —va dir en Blai mentre li tocava l'espatlla.

—Hauríem de passar per casa i agafar una mica de roba —va contestar la Júlia després de fer dos petons a la mare i en Martí.

Caminant al costat d'en Blai, se sentia segura i molt ben acompanyada, ja que l'alçada del seu amic es feia notar. Van baixar els graons del metro de dos en dos agafats de la mà en el precís moment que arribava a l'andana el tren. Se'n van obrir les portes i una gentada va sortir del vagó. Malgrat tot, no van trobar cap seient buit i es van quedar palplantats cara a cara. Estaven junts, molt junts; cada vegada que el tren frenava o arrencava, els cossos s'ajuntaven i es tornaven a separar. La Júlia sentia l'olor de la colònia que portava el seu amic barrejada amb l'olor corporal, i no li desagradava gens ni mica. Se li va apropar una miqueta més fins que va sentir com l'alè d'en Blai li acaronava els cabells. Va tancar els ulls i es va deixar bressolar pel moviment del metro.

—Júlia, ja hem arribat!

La mà del noi va prémer amb força la de la noia, i aquesta el va seguir entre un riu de gent que caminava cap a les escales mecàniques. L'aire humit anunciava una d'aquelles pluges de primavera que aviat cauria sobre la ciutat i rentaria la cara dels carrers.

—Ara no trobo les claus! —deia la Júlia mentre posava la motxilla a terra i gairebé s'hi abocava a dintre; al cap de dos segons va aixecar la mà—: Aquí les tinc. Sempre apareixen en un racó o en un altre.

El noi li va dedicar un somriure; no era la primera vegada que tenien aquella conversa. Recordava que el primer cop que la va acompanyar a casa van buidar pel terra tot el que duia a la bossa buscant les claus, que al final van aparèixer a la butxaca dels texans. La Júlia era capaç de trobar una agulla en un paller i incapaç de trobar aigua a la mar. Estava tan content d'estar al seu costat en aquests moments i de poder-la ajudar! Van pujar a l'ascensor acompanyats d'una veïna que només feia que mirar en Blai, i aquest, mort de vergonya, no va aixecar la vista del terra. El pis feia olor de tancat i, quan van arribar al menjador, encara estava la tele engegada i els ous esclafats i els bocins del plat pel terra. El primer cop que en Blai va entrar a casa de la Júlia es va pensar que l'estaven netejant. Hi havia quadres arrambats a la paret i llibres damunt d'una cadira. Quan, el segon cop que hi va tornar, va veure que els llibres i els quadres encara eren on els havia vist l'altra vegada, li va semblar una manera ben original de decorar. També el va sobtar l'enorme col·lecció de fotos de postes de sol que els pares de la Júlia havien fet en els seus viatges. L'habitació de la seva amiga semblava una cova de lladres: hi havia de tot, i tot estava desendreçat. Bé, això li va semblar a ell, perquè la noia cada cop que agafava una samarreta, uns pantalons, uns sostenidors o unes calcetes ho feia sense dubtar gens ni mica, i la roba que agafava estava neta i ben plegada. Allò era l'ordre dins del desordre i la disbauxa. Vaja, una mica com la Júlia.

Després de fer la bossa, la Júlia va començar a remenar tots els calaixos de la casa.

—On deuen ser? —va sentir que deia una mica esverada.

—Què busques?

—Una cosa.

—Però no em pots dir quina cosa és i així t'ajudo a buscar-la?

—No fa falta, segur que les trobo de seguida... Ah, són aquí! Ja sabia jo que no podien ser gaire lluny.

La Júlia estava d'esquena i en Blai mirava per sobre de la seva espatlla dreta, però no va veure res; després ho va provar per l'esquerra i tampoc. Llavors es va posar de puntetes i...

CAPÍTOL 6

—Això! —va dir la Júlia mentre es girava i li dedicava un somriure.

—El què?

La Júlia li va ensenyar un clauer.

—Les claus del camió!

—I què pretens?

—Fa una estona la mare i jo comentàvem al tiet la gran afecció que té el meu pare per la fotografia.

—I ?

—Doncs que sempre que viatja, la nit abans ens mirem el trajecte entre tots tres. Decidim on s'aturarà, on menjarà, on dormirà; és com organitzar una aventura. Com que la mare i jo no podem acompanyar-lo, ens fa un reportatge fotogràfic de tot el que li agrada o li crida l'atenció. Ara estàvem esperant que tornés per veure el viatge que havia fet al Marroc...

—Així doncs, venia del Marroc quan va tenir l'accident?

—Sí, i estic segura que trobarem tota la informació necessària per descobrir qui el va drogar.

—Què dius ara? El van drogar, el teu pare? Que fort, tu!

—Ai, sí, tu no ho saps! La policia assegura que li han fet

unes proves i que ha donat positiu per estupefaents. En Martí, el meu tiet, ens ha dit que potser es va trobar algú, el va fer pujar al camió i, en el moment que menjava o bevia, li devia posar alguna substància amb el propòsit de robar-li la mercaderia o els diners. A tu no cal que t'expliqui com n'és, d'entusiasta, el meu pare, de la fotografia i de les pel·lícules, oi? Doncs cada viatge que fa sempre torna amb algun reportatge. El que passa és que no sabem si les càmeres les té la policia o encara són al camió. Així que he pensat que, per sortir de dubtes, és millor agafar aquestes claus i anar al lloc de l'accident.

—I com aniràs fins al camió? Pensa que és al mig de l'autopista, això si és que encara hi és, i una mica lluny de Barcelona.

—Amb tu i la teva moto! —va revelar la Júlia mentre engegava l'ordinador i es connectava a Internet.

—I ara! La meva moto no pot circular per l'autopista, és una quaranta-nou i no està permès. I ara què fas?

—El que podem fer és apropar-nos-hi per la carretera i quan hi arribem, saltarem la tanca de protecció... A veure, era el km 170 més o menys... Ho veus? És aquí, a prop de Martorell... Ara mateix en faig una còpia i així ens serà més fàcil. Som-hi!

La Júlia havia entrat a una pàgina web de carreteres on sortia tot el recorregut que havia de fer el seu pare. Tan bon punt va tenir el full a les mans, va apagar el llum i va córrer cap a les escales.

—Ei, espera'm —va cridar en Blai abans que li estampés la porta del pis als morros.

Van agafar el metro i es van dirigir a casa d'en Blai. Un cop allà, van anar a l'habitació per agafar els cascos, però en el moment que sortien van haver de tornar enrere perquè la mare del noi els cridava des de la cuina.

La Júlia es va inventar una història sobre unes amigues que els estaven esperant i li va dir que ja arribaven amb mitja hora de retard. També va dir que els esperés per sopar, que segurament tindrien molta gana, ja que la mare d'aquelles noies no era tan bona cuinera com ella. I com que li havia dit, també, que no vivien gaire lluny, ja no podien agafar els cascos de la moto. Així doncs, embolicant més la troca, va demanar a en Blai que, mentre ella entretenia la seva mare, lligués els cascos a una corda i els despengés pel balcó que donava al carrer.

No es van esperar ni que l'ascensor pugés els dos pisos. Amb quatre gambades es van presentar al carrer en el mateix moment que un parell de velletes miraven cap al cel i es preguntaven què carai era allò que penjava. Van deslligar els cascos i van entrar a l'aparcament.

Circular pels carrers de Barcelona amb una moto no és difícil, saltar-te algun semàfor a punt de posar-se vermell no és impossible; ara bé, enfilar la carretera nacional cap a Tarragona al costat de camions i de cotxes que corren molt ja és més problemàtic, sobretot quan no s'hi està habituat.

—Que falta gaire? —cridava en Blai posant-se de perfil.

—Un parell de quilòmetres! —contestava la Júlia mirant el full d'aquella pàgina web.

Cada vegada que es creuaven amb un camió, el cop d'aire que rebien els empenyia cap enrere, i en Blai va advertir la Júlia que s'ajupís cap endavant per evitar qualsevol ensurt. Tots dos semblaven un sol cos a sobre de la moto. En notar el contacte dels pits sobre la seva esquena, el noi va pensar que, a partir d'aquell moment, conduiria sempre d'aquella manera.

Ja els començava a fer una mica de mal el cul quan la Júlia va picar ben fort al casc d'en Blai.

—Aiiiiii! No ho facis més, això! M'has espantat, pensava que algú m'havia llançat una pedra.

—Ja arribem! —va contestar la Júlia sense fer-li cas.

—Doncs ara és qüestió de buscar l'autopista —va respondre en Blai mentre girava cap a la dreta.

El rètol era ben clar; només calia girar per aquella rotonda, i un centenar de metres més enllà van veure la tanca metàl·lica que corria paral·lela a una carretera asfaltada però estreta.

—Has de passar per sota d'algun pont. Pensa que el meu pare venia de Tarragona i anem en direcció contrària.

—Sí, sí, és veritat.

Aquella carretera era un gust, ja que no hi passava ningú. En aquell moment, tots dos anaven més relaxats.

—Tu creus que deu haver-hi vigilància? —preguntava la Júlia mentre s'aixecava el vidre protector del casc.

—No ho sé, però aviat ho descobrirem. Guaita, allí davant hi ha un petit túnel que deu connectar amb l'altra part.

Allò no era un túnel, sinó que era un pas de fauna, els

camins que solen fer per als animals perquè puguin creuar l'autopista sense ser atropellats. Estava a les fosques i, quan hi van entrar, un senglar i dues cries van començar a xisclar per la sorpresa que van tenir en sentir el soroll del tub d'escapament, que rebotava a les parets de formigó.

—Aaaaahhh! —van cridar els dos nois, també espantats i aixecant les cames per por de ser mossegats.

Fins que no van sortir-ne no van estar tranquils, sobretot per la poca visibilitat que tenien amb el far de la moto. Es van aturar per refer-se una mica i acabar de situar-se. Dels porcs senglars no n'hi havia ni rastre; havien fugit. Estaven blancs i no s'atrevien a dir-se res. Finalment la Júlia va baixar de la moto, va saltar la tanca metàl·lica i es va enfilar pel talús que donava a l'autopista. Tenia davant seu tot un munt d'esbarzers. Vigilant de no fer-se mal, els anava separant mentre un grapat de pedretes li entraven a les sabates. Va tornar a baixar, se les va treure, va llençar aquelles pedres molestes i se'n va lligar ben fort els cordons. La seva mare estaria contenta de veure com era capaç de portar les sabates ben enganxades al peu. La quantitat de mitjons que havia desgastat pels talons amb el frec de les vambes... Damunt del seu cap se sentia el soroll dels cotxes que passaven a tota velocitat. Una sargantana que prenia el sol tranquil·lament va sortir foragitada quan va veure una ombra que se li apropava. La Júlia pujava fent esses i agafant-se a les plantes que podia i que no tenien punxes. Quan es va girar per veure en Blai, aquest havia amagat la moto i pujava darrere seu. El va esperar i, abans de seguir enfilant-se, li va fer un somriure.

Ja estava dalt de tot quan li va canviar l'expressió de la cara. Davant seu tenia...

CAPÍTOL 7

... els seus ulls, el seu nas, la seva boca completament desfigurats perquè es reflectien en un dels tapaboques del camió del pare. Però també va veure els llums blaus de la policia que giravoltaven.

—Què veus? —preguntava en Blai encuriosit, mentre li mirava la tira del tanga que sortia per la cintura dels pantalons.

—Sssssst! Calla, que hi ha la policia! —li va contestar la Júlia mentre tornava al seu costat.

—I si marxem?

—No, home! No tinguis por! Jo m'esperaria que es fes una mica fosc. Després ho tornarem a intentar; em conec el camió com el palmell de la mà. La porta està tocant al voral. M'arrossegaré sense fer soroll i agafaré les càmeres. El pare sempre les deixa al costat del volant, molt a prop seu, en una mena de calaix.

En Blai es mirava la Júlia amb la boca oberta. Com podia ser tan agosarada? A més, parlava amb tota la naturalitat del món. El seu pare estava en coma per haver conduït massa de pressa, l'havien acusat d'haver consumit alguna substància prohibida i els Mossos vigilaven el lloc de l'accident, i ella deia que s'arrossegaria i agafaria aquelles càmeres com si res. Només de pensar-ho li venia mal de panxa.

—On has deixat la moto? —va preguntar la noia mentre s'enretirava els cabells que li queien davant del rostre.

—Entremig de les mates, ben amagada. No la veurà ningú!

—Escolta, Blai, quan s'acabi tot aquest enrenou m'ensenyaràs a conduir-la?

—Pots pujar-hi de peus! Anirem a algun descampat i te la deixaré portar. Però a canvi vull una cosa...

—Demana'm el que vulguis —li va dir la Júlia mentre se'l mirava amb uns ulls tendres.

—Vaig molt just d'alemany i m'agradaria que me'n fessis classes —va contestar una mica avergonyit.

—Això està fet! Per cada hora de moto, jo et faig una hora de classe de *Deutch*, d'acord?

Després de dir això, la Júlia li va fer dos petons a la galta. Estava tan contenta de tenir-lo al costat que no sabia com demostrar-li-ho.

—Ei, Joan! Vigila un moment, que vaig a fer un riu! —va dir una veu que venia de l'autopista.

La parella, quan va sentir que s'apropava algú, es va arrapar entre els esbarzers que els punxaven sense pietat. Aleshores un rajolí inconfusible de pipí va començar a caure a la vora d'on es trobaven.

—Uf! Ja no podia aguantar més. Sort que en Vilarassau ha marxat i ens ha deixat tranquils. Has vist com n'estava, d'emprenyat? Només feia que trucar a comissaria a veure si arribaven els perits per examinar millor tot el camió. Segons ell, hi ha d'haver algun indici sobre l'accident que ens ha passat per alt. Per cert, tu creus que aquest camioner se'n sortirà? Es veu que està molt fotut i la veritat és que, si se'n surt, tindrà força problemes amb la justícia. Això de conduir sota els efectes d'alguna droga és mal assumpte.

En Blai es mirava la Júlia i l'abraçava fortament per intentar distreure-la de tot el que estava sentint.

—Home, això depèn de si l'infractor té antecedents. T'ha dit, el sergent, quan tornarà? Comença a fer-se fosc i aquesta nit havia pensat anar al cinema —va contestar el mosso d'esquadra que responia al nom de Joan.

—Doncs em sembla que ho tens magre. No ens podrem moure fins que no ens ho diguin i encara hem tingut sort que el camió no ha tallat l'autopista, que sinó hauries vist tota la cua de cotxes que s'hauria format. Saps què podem fer? Trucar per ràdio per demanar instruccions.

La Júlia, després de sentir aquells dos policies, no s'ho va pensar gens i va anar cap al camió mig ajupida pel voral. No li van caldre les claus perquè, després d'enfilar-s'hi, es va introduir per la finestra que estava oberta i va posar la mà al calaix que hi havia al costat del conductor.

Era buit!

Va mirar pels voltants i tot estava cremat o ple de sutge. Quan ja es decidia a marxar amb les mans buides i negres, les va veure de reüll; les càmeres eren a sota del pedal d'accelerar, molt amagades, com si algú les hagués deixat allí expressament. Es va ajupir a recollir-les i se les va guardar a la butxaca dels pantalons.

—Ei, qui hi ha? —va cridar un dels Mossos.

Com una ombra que se l'emporta el vent, la Júlia va sortir de la cabina. Un cop fora, i sense fer cas de les veus que l'escridassaven, va baixar pel talús sense importar-li les esgarrinxades dels esbarzers i, amb un salt mig felí, mig suïcida, va passar per sobre de la tela metàl·lica de l'autopista i va córrer cap on se sentia el soroll de la moto. Era, per descomptat, la d'en Blai, que, quan va veure que els policies tornaven al camió després de parlar per ràdio, l'havia tret d'on l'havia amagada i esperava la Júlia amb el motor engegat. Semblaven un parell de lladres de bancs empaitats pels guardes de seguretat. La Júlia va fer un bot i es va enganxar a la cintura del seu amic.

—Corre, fot-li canya! —va cridar mentre es posava el casc que li donava en Blai.

La moto, tot i que era de cilindrada petita, va aixecar la roda del davant i va estar encabritada durant mitja dotzena de metres. Darrere seu van deixar un núvol de pols i un dels Mossos, que, després de saltar la tanca metàl·lica, s'havia quedat a un parell de metres. Impossible d'atrapar-los: aquelles rodes corrien més que les seves cames. En Blai i la Júlia van anar per la carretera de servei durant una bona estona fins que van tornar a passar per sota de l'autopista, pel pas d'animals. Aquesta maniobra dificultaria la persecució als agents, que no s'havien adonat que en Blai i la Júlia ja havien passat a l'altra banda, despistant-los.

Aquest cop no van trobar cap senglar ni cap animaló que els espantés; portaven tanta adrenalina acumulada que segur que no els venia d'un altre ensurt.

Tornaven a anar ben ajupits, en Blai amb el cap al mig del manillar i la Júlia arrapada al seu cos.

Cap a Barcelona!

La ciutat se'ls va empassar, de la mateixa manera que s'empassa tots els vehicles: cotxes, camions, autocars, trens..., i un cop a dins del nucli urbà cadascú té un lloc. El lloc d'en Blai i de la Júlia era l'aparcament que tenia el pare del noi al mateix bloc de pisos on vivien.

Mentre pujaven per l'ascensor, els dos nois observaven les dues càmeres; estaven tan brutes d'estalzim que no en podien accionar els botons per veure les imatges.

—Tu creus que deuen estar del tot fetes malbé? —va inquirir en Blai—. Espero que no. Però sortirem de dubtes aviat. Demà mateix les portaré a un servei tècnic.

La mare d'en Blai estava fent el sopar.

—Que em puc dutxar? —va preguntar la Júlia traient només el cap per la porta. No era qüestió d'ensenyar-li res més, perquè portava els pantalons i la samarreta ben emmascarats.

—I tant, reina! Li dius a en Blai que t'expliqui com funciona tot. Fa una setmana que ens hem canviat el bany i ens hem posat un jacuzzi. Ja veuràs que bé t'anirà! Ah! I no tinguis pressa: el meu marit m'ha dit que trigarà una hora a arribar.

La Júlia, després d'escoltar les explicacions que li va

oferir en Blai, se'l va quedar mirant amb els braços plegats.

—Què, no penses marxar? O també vols explicar-me com m'he de treure la roba? —li va dir mig somrient.

El noi va envermellir i va girar cua.

Després de tancar-se al darrere de la mampara de vidre, la Júlia es va estirar a la banyera i va esperar que s'anés omplint. Quan va sentir l'escalfor de l'aigua a totes les parts del cos, es va deixar portar pels records.

Amb els ulls tancats somiava que es trobava a Istanbul, en un d'aquells banys turcs on havia anat amb la seva mare. Estaven envoltades de dones de diferents edats, totes despullades i estirades a sobre d'una gran pedra calenta. Unes mans expertes, les de les massatgistes, treballaven el seu cos, li premien amb força les espatlles i baixaven cap als malucs, on fregaven les natges fins al darrere dels genolls. De tant en tant deixaven anar amb un so sec una mà mig tancada a sobre de l'esquena. Al cap d'una bona estona, la giraven amb suavitat però amb energia, i llavors aquelles mans començaven a moure's per sota de la barbeta, seguien pels músculs del coll i passaven per sobre dels pits amb moviments circulars. L'estómac quedava girat i regirat i, quan els budells encara es movien, les mans baixaven per sobre del pubis i premien amb força les cuixes ja relaxades. Sentia ben lluny aquells cops secs que rebia a l'esquena fins que va obrir els ulls i es va adonar que algú picava la porta i cridava...

CAPÍTOL 8

—Et trobes bé?

—Sí, sí, ara surto.

En Blai va obrir amb suavitat la porta amb el telèfon a la mà.

—Hi ha un policia que pregunta per tu. Què li dic?

—Com, que pregunta per mi?

—Sí, un tal sergent Vilarassau t'ha trucat unes quantes vegades. És que, noia, fa tres quarts d'hora que ets aquí tancada. Pensava que t'havia passat alguna cosa.

—Un moment, que em poso la tovallola.

—Sí, digui!

—Senyoreta Júlia, li hauria de fer algunes preguntes —va sonar la veu del dels ulls *due colori*.

—Quines preguntes? —va respondre fredament la noia mentre es mirava al mirall; l'únic que hi veia era una ombra. El baf de l'aigua calenta emboirava totes les parets del bany.

—Dos agents dels Mossos d'Esquadra m'han dit que han vist una noia, la descripció de la qual s'assembla molt a vostè, furgant per la cabina del camió del seu pare, i que anava acompanyada d'un noi amb una moto. No deu pas ser aquest amiguet que acaba de posar-se al telèfon, oi?

—No, no, està molt equivocat, sergent. Hem estat tot el dia a casa mirant la tele.

—Escolti, podria parlar amb la mare o el pare del seu amic?

—No, no hi són —va mentir sense immutar-se—. La mare acaba de sortir a comprar unes pizzes i el pare encara no ha arribat de la feina, però no es preocupi, que així que arribin li faran un truc.

—D'acord, com que el seu amic m'ha donat l'adreça, li prego que no es mogui, que vindrem a fer-li una visita.

—Ah, molt bé, serem aquí. Fins ara.

Després de penjar el telèfon, la Júlia va deixar la tovallola al terra i va començar a vestir-se a corre-cuita sense importar-li gens ni mica que en Blai la veiés despullada.

—Me'n vaig, sents? Inventa't qualsevol excusa, però no vull que la policia es quedi les càmeres del pare. Estic segura que, si saben que les tinc, me les prendran...

Ring, ring, ring ...

—Digui? —va contestar en Blai, encara sorprès perquè havia vist la seva amiga nua.

—És l'Artur. Diu que ha parlat amb en Vilarassau, el qual molt amablement li ha donat el meu telèfon, i que també vol saber què hi feies, a la cabina del camió.

La Júlia va fer una ganyota de fàstic i, esmunyint-se per la porta, va xiuxiuejar amb cara de pena:

—Deixa'm diners, ja te'ls tornaré.

—Però que no vols posar-t'hi?

—Li dius que he marxat... No, digues-li que estic dormint, que no em trobo bé.

—No s'ho empassarà. Ens ha sentit i diu que també ve cap aquí —va contestar el noi amb cara de circumstàncies i l'auricular enganxat a l'orella.

—Si us plau, deixa'm diners. Val més que no sàpigues on vaig.

En Blai va anar a l'habitació i va agafar dos bitllets de cinquanta euros.

—És l'únic que tinc. Què li dic a la meva mare?

—Li dius que he tornat a l'hospital, que estava molt trista i que volia fer companyia tant sí com no a la mare. Adéu, ja ens comunicarem pel mòbil. I gràcies per tot.

La Júlia li va fer un petó i, abans de començar a baixar les escales, va mirar pel forat de l'ascensor.

Va sortir al carrer i va marxar corrents cap a una boca de metro. Així que es va trobar al subsòl, va respirar tranquil·la. Anava directa a casa, on encara no la buscarien, però abans va decidir trucar a la seva mare.

—Ei, Jules, amor, com estàs?

—Jo estic bé. I el pare?

—Continua igual.

—I tu?

—Home, tinc sort que el teu tiet m'acompanya. Per cert, ja has parlat amb en Vilarassau? M'ha demanat el telèfon d'en Blai i estava força empipat...

—No m'estranya gens ni mica.

—Ai, noia, quina por em fas! Per què ho dius això?

—Perquè tinc les càmeres, però ell no ho sap. Estan totes brutes de fum. Demà les portaré a un servei tècnic de prop de casa. Ara me'n vaig a dormir a casa.

—On les has trobades?

—Al camió del pare.

—Però Júlia, no pots amagar proves a la policia!

La Júlia no estava disposada a deixar-se convèncer per la seva mare; així doncs, va fer veure que la comunicació s'anava tallant i finalment va apagar el mòbil. Sempre tindria l'excusa que sota el metro no hi havia cobertura.

Al cap de deu minuts, arribava al seu carrer.

Mentre s'apropava al pis, va mirar pel voltant per veure si hi havia algun cotxe de policia i també es va fixar en les finestres, no fos cas que l'estiguessin esperant. Tan bon punt es va haver assegurat que tot era normal, va pujar per les escales; dins de l'ascensor se sentia massa vulnerable. Va arrambar l'orella a la porta i després va prémer diverses vegades el timbre. No va contestar ni obrir ningú. Un cop a dins i a les fosques, va abaixar totes les persianes. Quan passava pel menjador, va notar que la sola de la sabata se li enganxava al parquet i uns trossos de ceràmica sortien rebotits en ser trepitjats. Llavors se'n va recordar: era el plat amb els ous que li havia caigut a la mare quan van veure el camió accidentat per la tele. Semblava que haguessin passat un parell d'anys i el cert és que havia estat aquell migdia. De seguida va anar a l'habitació i es va asseure al llit amb les càmeres a les mans. Havien rebut una bona reescalfada. Estava nerviosa. Tenia al davant la possible prova de la innocència del pare. Va agafar un mocador de paper i, mullant-lo una mica amb saliva, va intentar netejar-les. No hi havia manera; segur que la mare tenia algun producte per treure el sutge. Va anar cap al recambró de la rentadora i va obrir l'armari, on hi havia diversos esprais i líquids de neteja. Els va revisar un per un i no en va trobar cap d'apropiat. Ja tornava cap a l'habitació quan...

CAPÍTOL 9

... va sentir soroll al pany de la porta del pis. Durant uns segons va quedar petrificada, però de seguida va reaccionar. Va apagar els llums que tenia encesos i es va amagar sota el llit. Encara va tenir temps de treure la mà, enxampar la bossa i posar-la al costat de les càmeres en el mateix moment que obrien la porta i encenien el llum de l'habitació. Va sentir unes passes i, a continuació, va veure unes sabates negres d'home rivetejades amb un cuir fi vermellós; els cordons també eren negres i tenien uns filets blancs i vermells. La sola era de goma i, quan s'aixecava de terra, hi deixava una petita empremta en forma de petjada de gos que de seguida s'esvaïa; al darrere hi havia gravat el logotip de la marca. Quedava clar que aquella persona coneixia la casa perquè s'hi movia sense dubtar: es va dirigir a l'armari, el va obrir i va començar a remenar pels calaixos. Després va anar cap a la taula on la Júlia solia estudiar i en va regirar la calaixera, on guardava uns prismàtics, una calculadora, una capsa de condons que havien repartit a l'institut a les Jornades de Prevenció Sexual i altres objectes personals. Al cap d'uns segons, aquelles sabates van tornar a passar per davant dels ulls de la Júlia i es van aturar al costat mateix del llit. La noia es va aguantar la respiració i es va arrambar fortament a la paret. Tenia les dues càmeres enganxades al pit. Mentre les sabates l'escrutaven amb mirada de cec, el matalàs es va bellugar igual que la fusta que feia de somier. Semblava que aquell intrús s'hagués recolzat a sobre del llit com si hi descansés, i se'l sentia esbufegar. La Júlia controlava la respiració, amb suavitat omplia els pulmons pels narius ben oberts i després deixava escapar l'aire obrint amb suavitat els llavis. Aquells segons eren eterns... Finalment l'individu va sortir de l'habitació i va recórrer tot el pis obrint i tancant portes, calaixos i armaris sense importar-li gens ni mica el soroll que podia fer.

Era clar que buscava alguna cosa...

La Júlia no va sortir de l'amagatall fins que no va sentir com es tancava la porta del pis. A les palpentes i procurant no fer soroll, va mirar per l'espiera; només va veure l'espatlla d'un home que baixava les escales. Juraria que era l'Artur, qui sinó ell. El sergent no coneixia la casa i aquelles sabates no eren les d'un policia; eren massa modernes. No li havia dit en Blai, que l'estava buscant? Cada cop estava més segura que el seu pare havia descobert alguna cosa i que ho havia fotografiat o enregistrat juntament amb el reportatge del viatge al Marroc, i ella estava disposada a descobrir-ho.

Es va assegurar de tancar bé la porta i va deixar la clau horitzontal al pany perquè ningú no pogués obrir des de fora. Després va netejar la taca dels ous al parquet i va recollir els trossos del plat trencat. Va estar a punt de trucar a la mare, però va pensar que no podia donar-li més mals de cap. Va passar la nit fent voltes i més voltes al llit, desvetllada, mentre s'imaginava que l'Artur i el sergent Vilarassau l'empaitaven.

Finalment es va adormir i es va llevar cap al migdia. Amb molta pressa es va dutxar i es va menjar un iogurt; estava tan neguitosa que no tenia gens de gana.

Pel carrer, quan va sortir, no anava gens confiada i totes les persones amb les quals es creuava li semblaven sospitoses. Va allargar el passeig per diferents carrers del barri, procurant sempre que els cotxes li vinguessin de cara; no volia que la policia l'enxampés desprevinguda.

Va prendre tantes precaucions que, quan va arribar al servei tècnic estava tancat, era l'hora de dinar i no obrien fins a les cinc de la tarda. Com que tornar a casa li semblava massa arriscat, va decidir fer una cosa que no havia fet mai: anar al cinema a aquelles hores. Prop d'allí hi havia una sala on feien sessions contínues: quan acabava una pel·lícula, la tornaven a projectar.

Era interessant, la pel·lícula, tant que es va comprar una bossa de fruits secs i unes pastes per distreure la gana. Així no hauria d'anar a casa o buscar un lloc per dinar.

La vibració del mòbil li va captar l'atenció. Era la mare.

—Què passa? —va preguntar la Júlia amb un xiuxiueig.

—Júlia, on ets? Com és que no m'has trucat ni has vingut a l'hospital?

La mare feia veu d'estar molt preocupada.

—Com està el pare?

—Està igual, però digues, com és que no véns? La policia vol saber on ets.

—Escolta'm, mare! Cada vegada ho veig més clar. No et preocupis, estic molt bé. L'única cosa que et demano és que confiïs en mi. Ara no puc parlar, ja et trucaré. T'estimo!

Dit allò, la Júlia va penjar el mòbil i quan va veure l'hora que marcava, quarts de cinc, va sortir del cinema.

Per fer una mica de temps, es va aturar davant d'un quiosc i va passejar la mirada per sobre d'aquell garbuix de revistes. Un munt de cares somrients l'observaven. Nois i noies mig despullats anunciaven marques de cotxes, colònies, motos, vestits... Semblava que li diguessin que els seus problemes no eren tan greus com a ella li semblava. Es va aturar a llegir alguns dels titulars dels diaris. «La Borsa continua pujant...», «L'entrada de turistes és positiva a...», «El Barça fitxa un jugador xinès...».

—Si no penses comprar cap diari, és millor que te'n vagis a l'escola! —va sentir davant seu.

Era el quiosquer, que, cansat de lectors garrepes, no es va poder aguantar.

La Júlia, que es va adonar que no eren hores d'anar pel carrer sinó més aviat de ser a la classe d'anglès (era dijous i tocava aguantar la Mercè), va acotar el cap i va marxar cap a un indret més discret. Havia sentit dir als seus companys que si la Policia Municipal et veia fora de l'institut, fent campana, et portava a casa i t'obria un expedient. Va trobar un lloc especial per passar desapercebuda: una sabateria amb uns grans aparadors interiors. Davant seu un exèrcit de sabates de tota mena anaven guarnides com si cadascuna pertanyés a un escamot diferent. Al fons hi havia les que portaven pells gruixudes i soles de goma resistents: eren les escaladores, les botes de muntanya; cap a la dreta hi havia les de xarol i pells fines, amb la sola de cuir i cordons de cotó fi: eren les presumides, les sabates de vestir; a l'esquerra, amb les seves coloraines, formes aerodinàmiques i les soles amb càmeres d'aire, les sabates esportives, plenes d'energia continguda; i amagades en un racó, un munt de conills, ànecs, gossets i quadres, molts quadres amb la llana i la pell girada: eren les sabatilles d'anar per casa, amb un posat tranquil, com correspon a la seva categoria.

Inconscientment les buscava!

Buscava aquelles sabates negres rivetejades de cuir vermell que havia tingut tan a prop dels nassos... De fet, tampoc no sabia per què. Difícilment podria esbrinar de qui eren.

A hores d'ara el seu rellotge marcava les cinc en punt. Segurament aquell servei tècnic estaria obert.

La botiga estava oberta i buida. Darrere del taulell hi havia un senyor que de seguida que la va veure la va saludar molt amablement.

—Bona tarda!

—Bona tarda! —va respondre la Júlia tot ensenyant-li les càmeres emmascarades—. Venia a veure si es poden recuperar les imatges.

—Què ha passat? —va preguntar el senyor mentre es mirava els aparells amb uns ulls com taronges.

—No res, s'han fumat una mica.

El senyor, agafant la càmera de fotos amb una mica de fàstic, la va girar per quantificar el mal que havia patit.

—Tardareu molt? —va preguntar la Júlia amb la mosca al nas.

—Ui, noia, costarà una mica. Això està molt brut i ara tenim molta feina endarrerida. A més, no et garanteixo que el que hi ha dins no hagi sofert cap mal. Jo crec que en uns tres dies estarà tot enllestit.

—Tres dies?

—Sí, ho sento, però això porta el seu temps i ara no en disposo de gaire —va comentar-li aquell senyor després de demanar-li totes les dades.

La Júlia va desar el rebut a la cartera i va marxar cap a l'estació del metro encara més amoïnada del que estava. Tres dies! Com s'ho faria per amagar-se tant de temps? Es va aturar a la vorera per esperar que el semàfor es posés verd. Estava capficada mirant el terra quan per darrere se li va apropar...

CAPÍTOL 10

... una mà que va estar a punt d'agafar-la pel braç.

—Ei, què fas!? —va cridar la Júlia espantada, mentre clavava una estrebada i es posava a córrer tot esquivant els cotxes que frenaven i tocaven el clàxon alhora.

Era el sergent Vilarassau, que, confiat que la noia no es mouria, s'havia quedat amb un pam de nas davant la seva reacció tan ràpida.

—Escolti, senyoreta! No ho compliqui més! Sabem que vostè va regirar la cabina del camió! Faci el favor de col·laborar amb nosaltres!

Els vianants s'havien aturat a escoltar els crits del policia mentre la Júlia corria cap a una entrada de metro.

Va baixar les escales de quatre en quatre i, quan va arribar a la taquilla, ni es va aturar a validar el bitllet. Sort va tenir que el vigilant estava distret coquetejant amb una turista que anava mig perduda.

Amb els Mossos bufant-li el clatell, no sabia què fer. Va trucar a la mare i li va explicar fil per randa tot el que li havia passat. Estava segura que encara que la fes patir, entre totes dues trobarien un pla.

I així va ser: com que el seu oncle no hi era (li havia dit a la mare que, tot i que estava de vacances, marxava a

Mallorca per unes qüestions de feina i tornaria uns dies més tard), la Júlia va pensar de donar el rebut del servei tècnic a en Blai. Tan bon punt aquest hagués recollit les càmeres, es tornarien a veure. Mentrestant, la Júlia s'amagaria al delta de l'Ebre, a Sant Jaume d'Enveja.

Va trucar a en Blai i van quedar a l'estació de Sants. Van consultar els plafons de les sortides i van veure que el primer tren que anava cap al sud i que passava per les terres de l'Ebre era un de llarga distància, que encara trigaria ben bé una hora a sortir. Quan van anar a la taquilla, els van dir que no hi havia cap seient lliure i no els podien vendre cap bitllet. Per a la Júlia allò no era cap entrebanc; hi pujaria sense pagar.

Van estar esperant asseguts a l'andana i observant els vianants. N'hi havia de tota mena: els que anaven a la feina ben atrafegats, els avis que rondinaven per qualsevol cosa, els pares i mares de família que arrossegaven els seus fills, les parelletes que aprofitaven els racons per fer-se algun petó... un munt i un món de persones.

Aquell tren era força especial, ja que estava dividit en compartiments de sis seients, la majoria dels quals estaven ocupats. Els viatgers feien cara d'estar cansats, com si haguessin estat tota la nit viatjant. La Júlia en va pujar els tres esglaons i es va quedar mirant en Blai.

—Ja et trucaré quan arribi —va dir mentre tancava la porta.

Era impossible bellugar-se amb rapidesa per dins del vagó. Més endavant s'adonaria quin era el millor lloc per controlar el revisor. A un parell de metres hi havia uns quants nois que se la miraven i després xiuxiuejaven entre ells. Això la va fer posar molt nerviosa; sabia perfectament que parlaven d'ella, però ni els entenia ni gosava preguntar què volien. Va decidir ignorar-los completament; per sort, a la motxilla portava un MP3 amb la seva música preferida. Hi va connectar els auriculars i es va deixar emportar, mig endormiscada, per «Noia de vidre», d'Els Pets, i altres cançons que li tenien el cor robat...

Va obrir els ulls quan va sentir les rialles d'aquell grupet. Un dels nois estava ballant i movia exageradament els malucs. Va somriure i es va adonar que era el primer cop que ho feia aquell dia, però de seguida va canviar la cara. Pel fons del passadís venia el revisor, que s'aturava a la porta de cada cabina i controlava els bitllets dels passatgers. La Júlia va veure per la finestra que estaven arribant a una estació; amb una mica de sort, podria baixar abans que li demanés el bitllet. Quan el tren es va aturar, la Júlia va saltar del vagó i va córrer ràpidament cap al del davant. Aquest cop havia aconseguit lliurar-se'n, però el viatge era llarg, massa llarg.

El passadís d'aquell vagó també estava ple. Fent una mica d'esforç i esmunyint-se entre la gent va entrar en un compartiment. Estava a les fosques, però hi havia un seient buit; segurament la persona que l'ocupava havia anat al lavabo o a estirar les cames. Va seure, va recolzar el cap al respatller i va tancar els ulls. Calculava que, amb la gernació que hi havia en aquell tren i el poc espai per moure's, el revisor trigaria a trobar-la. Va apagar l'aparell de música i va tornar a quedar entreabaltida. Al cap d'una bona estona, va sentir unes veus que parlaven en un idioma que li era desconegut. Les cortines de la finestra es van obrir i van deixar passar la llum de la posta de sol. En despertar-se, va descobrir davant seu cinc magrebines tapades fins als ulls, que se la miraven fixament. Una d'elles va treure un enorme cistell cobert amb un drap ple de motius arabescos. A sota del drap hi havia uns pans rodons i uns bols plens a vessar de fruita i dolços. La Júlia es mirava aquelles delícies mentre empassava saliva. Ara que estava desperta, va notar el moviment dels budells. Estava tan capficada en el problema de les fotos i de la pel·lícula que s'havia oblidat de comprar-se alguna cosa per menjar. Unes mans pintades amb dibuixos geomètrics li van apropar un grapat de dàtils. En aixecar la vista, va veure el somriure d'una noia que s'havia tret el mocador de la cara i li parlava amb una veu suau i delicada. No entenia res del que li deia, però l'únic que se li va ocórrer va ser dir-li *Salam malecum* i *sucram*, unes paraules que li havia ensenyat l'Ibrahim, un company d'institut, per saludar i donar les gràcies en el seu idioma, respectivament. Després va agafar aquells fruits que li oferien. Les altres acompanyants també es van treure els mocadors i la van saludar molt amablement. Menjava sense pressa, assaborint cada mossegada. Una dolçor melosa li omplia la boca i de mica en mica va notar com el seu cos s'anava refent. La noia que li havia ofert els dàtils en aquell moment li oferia uns pastissets fets d'ametlla i nous.

Barrejant l'espanyol i el francès, aquelles cinc noies van explicar a la Júlia que tornaven al Marroc després d'haver estat un parell de mesos a casa d'uns familiars a França. Anaven acompanyades de dos oncles, que estaven asseguts a fora al passadís. Les preguntes que li van fer sobre la seva família, els amics, els estudis i la seva vida en general van estalviar-li, a la Júlia, un viatge avorrit i llarg.

Els llums dels pobles de dins del Delta dibuixaven el seu perfil sobre l'horitzó.

La Júlia es va preparar per baixar a la propera parada: l'Aldea. Es va acomiadar de les seves companyes de viatge, que tornaven a anar amb les cares tapades, i després de posar-se la motxilla a l'esquena es va dirigir cap a la porta. El revisor venia pel passadís, però quan estava a punt de demanar-li el bitllet el tren es va aturar. Va obrir la porta i, agafant-se a la barana, va saltar els esglaons que hi havia.

Un cop de vent li va donar la benvinguda a les Terres de l'Ebre. Era el mestral, «lo vent de dalt», com en deien per allí, que, per cert, bufava molt fort.

Va entrar a l'edifici de l'estació i va preguntar si hi havia algun servei d'autobús cap a Sant Jaume d'Enveja. Li van contestar que no, que els autobusos sortien de Tortosa. Va demanar com podria anar al pas de barques per travessar el riu amb el transbordador, però li van respondre que, tenint en compte el temps que feia, el servei estaria tancat.

Va decidir que faria autoestop.

Es va situar en una cruïlla direcció a València i no van

passar ni vint minuts que es va aturar una furgoneta. El conductor, que devia tenir uns trenta anys, li va dir que la podia portar fins a Amposta. La Júlia, després d'asseure's i sense ni tan sols cordar-se el cinturó, va comentar el fort vent que feia. L'home se l'escoltava amb un somriure a la boca i la Júlia va pensar que havia estat molt amable d'haver-la convidat a pujar. De sobte, va notar que el vehicle abandonava la carretera principal i...

CAPÍTOL 11

... agafava un camí de carro. Quan la Júlia li va preguntar cap on anava, el conductor li va dedicar una mirada que no li va agradar gens. Aleshores va frenar en sec, i el cap de la noia va topar contra el vidre del davant i va quedar mig estabornida, cosa que l'individu va aprofitar per agafar-la del braç. La Júlia l'apartava com podia, però ell era més fort. La volia petonejar i l'alè li feia pudor de cervesa. Ella li posava la mà esquerra al davant i amb la dreta buscava pel voltant del seient alguna cosa per defensar-se. Va trobar un objecte dur i, sense pensar-s'ho gens, li va etzibar un cop al cap. L'home va quedar inconscient damunt del volant, fent sonar el clàxon. La Júlia va obrir la porta, que va rebotar contra la carrosseria del vehicle a causa d'un cop d'aire. Va saltar de la furgoneta, es va entrebancar amb la motxilla, que mentre estava asseguda tenia damunt les cames, d'una revolada se la va penjar a l'esquena i se'n va anar corrents cap a la carretera asfaltada. No passava cap cotxe a qui pogués demanar auxili, i el que no podia fer era continuar fugint per la calçada. Estava segura que aquell desgraciat no tardaria a recuperar-se, i tenia por de debò. Davant seu hi havia un canyar; no era la salvació, però podia amagar-s'hi. Amb determinació va córrer cap a les canyes en el precís moment que els fars d'un vehicle les il·luminaven. Es va llançar a terra i va aguantar la respiració. Tot i que el bufec del vent trencava el silenci de la nit, la Júlia sentia de fons el soroll del motor molt a prop seu. No gosava aixecar el cap. L'herbam que hi havia al voltant del canyar pujava i baixava amb la força del mestral. El soroll se sentia cada cop més fort, cada cop més proper. L'espera es feia eterna. La Júlia es premia amb força contra els còdols; hauria volgut que la terra se l'empassés. De sobte, va sentir el fregadís de les rodes mentre s'allunyaven. Va sospirar alleugerida i, més tranquil·la, va notar com l'olor de l'herba li impregnava la cara. Es va posar dreta i va començar a caminar en direcció al riu; com que no es podia aventurar altre cop a fer autoestop en aquelles circumstàncies, intentaria travessar-lo.

La lluna no era al punt més alt, però il·luminava tota la nit. A la Júlia li va ser fàcil situar-se i, tot i que tenia un parell de quilòmetres fins a l'Ebre, sabia cap a on havia d'anar. Caminava per la carretera ben atenta per, si veia alguna llum, amagar-se de seguida. Tenia sort; empesa pel mestral, hi havia moments que només fent uns saltirons gairebé corria. Ara recordava que, quan era petita, el seu pare i ella jugaven amb un tros gran de tela, un a cada costat, i es deixaven portar per les bufades del vent de dalt. Sempre acabaven pel terra petant-se de riure. Després havien de córrer per agafar la improvisada vela, perquè no se n'anés ben lluny o acabés dintre d'un arrossar tota mullada i bruta de fang.

Recordant i pensant, va arribar al pas de barques.

Un cartell retolat de qualsevol manera anunciava que el servei no funcionaria fins que deixés de fer vent. Els lladrucs d'un gos la van fer amagar. Anava caminant ajupida pel costat del riu fins que va arribar a una barca repenjada al costat d'un marge. Era una muleta. No s'ho va pensar gens: fent palanca amb un rem va aconseguir que llisqués fins a la vora de l'aigua. Un cop la muleta va quedar varada dintre del riu, es movia com si fos de joguina. La Júlia, des de la popa, emprava el rem com un timó i no li calia remar. Ho havia après en unes colònies a la Seu d'Urgell, on havia practicat piragüisme i altres esports d'aventura; ara bé, això d'ara era molt més perillós, no portava salvavides i, al seu costat, no hi havia cap d'aquells monitors simpàtics. De tant en tant alguna onada l'esquitxava i la feia tremolar de fred. Tot i que s'anava apropant a l'altra riba, li feia la sensació que aquesta era cada vegada més lluny.

La lluna acabava de rebre la mossegada d'un núvol però, tot i així, encara hi havia prou claror. Recordava el viatge que havia fet amb els seus pares a Irlanda, als Cliffs of Moher, uns penya-segats d'un centenar de metres d'alçada on el vent et podia fer caure a la mar. La gent s'estirava damunt les roques i mirava cap avall, en el punt on l'aigua espetegava contra les parets i formava unes ones gegantines. Quan eres en un extrem, les persones que hi havia a l'altre costat semblaven formigues. Feia feredat; mai no hauria pensat que la natura pogués ser tan salvatge i tan bonica a la vegada.

Va anar a parar més avall del que tenia previst, però encara gràcies que no havia bolcat. El que sí que li sabia greu era que no podia treure la barca de l'aigua i que se n'aniria riu avall. Així que va passar pel costat d'un arbre, va saltar i es va abraçar ben fort amb les cames i els braços en una de les branques que penjaven. Era un eucaliptus, en notava l'aroma de les fulles. Va respirar profundament. Ben agafada, reptava cap al tronc amb decisió. No podia dubtar. Amb aquell vent havia d'actuar ràpid, gairebé sense pensar-s'ho.

Amb condicions normals no ho hauria fet mai, allò. De ben segur que hauria demanat ajut als propietaris del pas de barques o fins i tot hauria tornat a fer autoestop, però el seu cos estava tan ple d'adrenalina que no hi havia lloc per a la por.

Qui li hauria dit, anys enrere, que una nit de vent de dalt prendria una barca i travessaria l'Ebre d'aquella manera. Ella que sempre l'havia creuat relaxadament amb la barcassa. Quan venien de Barcelona, amb el sol ponent-se i pintant de vermells i taronges aquell mirall on es reflectien els arbres de ribera, el viatge era fascinant. Aleshores els pares, quan ella portava alguna amiga, sempre li gastaven la mateixa broma: «Ei, Júlia, a veure si veiem el "Dentetes"», deia un dels dos. L'amiga acabava demanant qui era el Dentetes i la Júlia, seguint el joc, li explicava que era un cocodril que havien portat molt petit de l'Àfrica i que, quan es va fer gran, el van llançar al riu. Ara era un animal de quatre metres de llargada, força perillós. No cal dir que l'amiga s'ho acabava creient i, en el moment que estava més capficada mirant fixament el riu, tant la Júlia com el pare i la mare feien veure que la llançaven a l'aigua.

Fins que no va posar els peus a terra no es va sentir segura. Havia anat a parar al costat d'un pas d'angula, on els pescadors de les confraries es posaven les nits de boira amb els seus llumets a pescar aquelles anguiles tan petitones, que després vendrien a uns preus gairebé prohibitius. Havia sentit a dir moltes vegades a la seva àvia que quan ella era petita n'hi havia tanta, d'angula, que en donaven als porcs per menjar. A hores d'ara, amb tanta contaminació, els rius eren com clavegueres i se'n pescava molt poca. Una vegada li'n van ensenyar un gibrell mig ple, n'hi havia milers i es movien per sobre d'una mucositat ocasionada per la seva respiració cutània. Eren tan transparents que se'ls veia l'espina dorsal i dos puntets negres al cap que eren els ulls; no cal dir el fàstic que li va fer quan va haver d'introduir la mà al gibrell per insistència de la gent que l'envoltava. A la nit, mentre tothom menjava un plat d'angula, ella va preferir una mica de pernil dolç amb unes torrades de pa amb tomàquet.

Caminava entre les canyes i els arbres quan va sentir unes veus, riu amunt, ...

CAPÍTOL 12

... un xic misterioses. La Júlia es va adonar que venien de lluny, però les ratxes de vent eren tan fortes que s'emportaven el so riu avall, cap on era ella. No ho distingia bé, no veia quanta gent hi havia. En aquell moment, la lluna va quedar tapada per un grapat de núvols i la nit es va enfosquir del tot. Llavors va sentir un motor de cotxe i el soroll d'unes portes que es tancaven. Es va amagar darrere de la soca d'un arbre, esperant que marxessin, i es va estranyar molt que aquell vehicle anés sense llums. Quedava clar que no volien ser descoberts i també que la persona que conduïa coneixia perfectament el terreny. Mentre estava espiant, va notar una presència estranya al seu davant; s'hi va fixar millor i va veure la silueta retallada d'un gos en la foscor de la nit. L'estava mirant. No tenia bones intencions perquè de seguida es va posar a grunyir. S'apropava cada cop més fins que es va sentir un xiulet i el quisso va dubtar. La Júlia estava morta de por. Quan va veure que aquella bèstia corria cap a ella, va pensar que se li tirava a sobre, però de sobte es va girar i se'n va anar en direcció al cotxe, on l'estaven esperant amb la porta oberta. Va arrencar i les rodes van passar a frec seu, a un parell de metres. Va veure el cap del gos reflectit al vidre de la finestra. La Júlia estava segura que l'estava mirant. A la part esquerra del darrere del vehicle es veia una petita lluïssor, com si els intermitents i els llums de posició estiguessin tapats amb un drap fosc i la llum s'escapés per algun foradet que s'havien deixat. Era un híbrid de cotxe i furgoneta molt utilitzat pels pagesos per carregar-hi aixades, forques, cabassos, sacs plens d'adobs o d'arròs i, fins i tot, algun motocultor. El va seguir amb la mirada fins que el va perdre de vista i, quan la claror de la lluna va tornar a il·luminar la nit, va sortir del seu amagatall.

Mirant cap al nord es podien veure els llums del centre del poble i també els fanals d'un dels carrers, però va preferir anar pels afores. Ja no caminava a favor de vent. Les ràfegues li venien de costat i els cabells se li movien fuetejant-li la cara. Va agafar el braçalet elàstic que portava al canell i es va lligar la cabellera en una cua; després, de la butxaca dels pantalons, es va treure una diadema ampla i es va tapar mitja cara com si fora un ninja. Finalment va tibar les corretges de la motxilla perquè quedés més aferrada al cos i, d'aquesta manera, es va posar a caminar més ràpid sense rebre cap cop a l'esquena. De tant en tant, quan passava per davant d'una casa, bordava algun gos i ella apressava el pas; sabia que tard o d'hora s'obriria algun porticó i apareixeria el cap d'algú que intentaria esbrinar qui podia anar per allà a aquelles hores i amb aquell temps.

La caminada se li va fer una mica més llarga per la volta que va haver de donar. Va pensar que a algú que no coneixia la zona li seria força difícil orientar-se per aquell laberint de camins, però la Júlia hi havia passat molts estius i vacances tant de Pasqua com de Nadal i s'ho coneixia força bé. A mesura que s'anava apropant, veia com la lluna il·luminava les parets emblanquinades amb calç. Quan va enfilar l'entrada vorejada de pissardis va tenir una sensació ben estranya; per primer cop era allà sense la companyia dels pares.

Davant seu s'aixecava imponent amb la façana blanca, la porta de fusta envernissada, els vessants de la teulada coberts de borró i coronats pel fumeral negre com el sutge: la barraca típica del delta de l'Ebre.

La Júlia sabia que, a sota d'un test de terrissa, els pares guardaven unes claus ben embolicades dins d'una bossa de plàstic per si algun dia se les deixaven a Barcelona. No va trigar gaire a trobar-les i de seguida va obrir la porta, fugint d'aquell vent empipador.

Així que hi va entrar, va notar l'olor de les canyes, el fang sec i la fusta dels cabirons, molt més forta del que era habitual. Feia setmanes que aquella barraca no s'airejava. Per sort, els pares, previsors com eren, havien deixat l'estufa carregada de llenya, a punt per encendre. El foc la va reanimar i, morta de gana, va buscar a l'armari que els feia de rebost qualsevol cosa per menjar. Feia goig tornar a veure les fotografies que hi havia penjades a la paret de quan ella era petita, banyant-se a les platges del Delta o bé anant amb bicicleta. Les flames es reflectien als vidres i donaven a aquelles fotos una sensació de mobilitat. Com de ràpid havia passat el temps i que lluny quedava tot plegat. Un calfred li va recórrer la columna quan va veure una foto del pare muntant a cavall. Semblava mentida que en dos dies hagués viscut tant. Va acabar de menjar i de seguida es va ficar al llit. Els llençols estaven freds, però se sentia tan cansada que es va adormir de seguida.

L'endemà l'escalforeta a la galta d'un raig de sol que es colava per la cortina de la finestra la va despertar. Va obrir els ulls i en un principi no va entendre res; pensava que tot havia estat un malson. Però la realitat la va desvetllar ràpidament.

El vent havia minvat i feia un dia preciós. Després de dutxar-se, va esmorzar pensant què faria aquell dia. Per començar, necessitava comprar queviures; al rebost només hi havia pasta, llaunes diverses i galetes, i tenia ganes d'una bona amanida i fruita del temps. Si anava pel poble segur que moltes persones li preguntarien pel seu pare, i ella no tenia ganes de donar explicacions. Aniria a Deltebre, on no la coneixia ningú.

Quan anava a vestir-se, es va adonar que duia els camals dels texans tacats de sang. La nit passada no ho havia vist perquè gairebé estava a les fosques i morta de son. Es va examinar; no tenia cap ferida ni a les mans ni al cos. Així doncs, la sang devia de ser de l'individu de la furgoneta i, ara que ho pensava, no l'estranyava gens, ja que l'objecte amb què li havia pegat era dur com el ferro.

—Pitjor per a ell —va dir en veu alta—, la propera vegada s'ho pensarà més.

Es va posar un vestit llarg que la mare guardava per a

les vacances d'estiu, un barret ample de palla i unes ulleres fosques per passar més desapercebuda. En cosa de deu minuts, ja era al costat del pas de barques. No era el mateix d'on havia agafat la barca la nit anterior, sinó el que era més a prop de la desembocadura. Mentre s'esperava, va sentir la conversa de dos homes vells que estaven asseguts en un banc.

—Així que diu que li han robat una muleta?

—Sí, i ho ha denunciat als Mossos. Ara, a mi el que m'estranya és que a la vora s'ha trobat un dels rems...

—Potser l'havia amarrada malament i el vent se l'ha emportada riu avall.

—Calla, home, calla, li han robat... Sempre passa alguna cosa quan fa vent de dalt.

—Tens raó. És quan no hi ha vigilància. Ja se sap, a la claror no pots anar de matuta i si fa vent, millor.

—Anar de *matuta* o una altra cosa...

—Quina cosa?

—Xeic..., la droga, què ha de ser sinó. L'altre dia anava al diari que som l'entrada més important de droga a tota la Península. Abans entrava per Galícia i ara ens toca a *natros*.

A la Júlia li va fer molta gràcia sentir la paraula «matuta». Ella ja sabia que, per aquelles terres, empraven aquell mot per anomenar l'acció d'anar a caçar o pescar furtivament.

Va deixar d'escoltar aquells homes i es va fixar en el transbordador que s'estava aproximant. Hi anaven tres vehicles i un d'ells era un tot terreny dels Mossos d'Esquadra. Va respirar profundament per calmar-se i es va ajupir davant de la bicicleta per fer veure que la cadena havia sortit del plat.

—Ei, noia, que tens algun problema? Vols ajuda? —va sonar una veu que no li era desconeguda.

Va aixecar el cap i davant seu hi havia...

CAPÍTOL 13

... el brètol que l'havia atacat la nit passada. Portava una gorra vermella de la NBA i a sota se li veia una bena blanca que li embolicava el cap.

—*Lass mich in ruhe*! —va respondre la Júlia.

—Com dius? —va preguntar aquell subjecte, que no entenia ni un borrall.

—*Sondern kriegst du noch eine Ohrfeige.*

Un cop més la Júlia havia fet gala de la seva habilitat amb les llengües i li havia parlat en alemany, convençuda que aquell individu es quedaria amb un pam de nas. Així, de passada s'esvairia qualsevol possibilitat que ell la pogués reconèixer. De fet, el que li havia dit era que la deixés en pau si no volia rebre un altre cop.

La Júlia va pujar a la barcassa, mentre dissimuladament mirava pel retrovisor de la bicicleta com aquell tipus es tocava el nyanyo i movia el cap com si intentés recordar. Dels Mossos, no calia preocupar-se'n, ja que feia estona havien marxat per la vora del riu; segurament anaven a buscar la barca.

Després de comprar, va tornar a la barraca sense cap incident. Passejava pels voltants de la casa i s'anava fixant en tots els arbres que hi havia. Cada primavera, i des de feia més de cinc anys, la mare, el pare i ella plantaven tres arbres, un cadascun. Al costat de les arrels deixaven una ampolla de vidre ben tancada amb un escrit que tant podia ser un poema o un dibuix de la Júlia.

Aquell indret estava ple de records.

Per Sant Joan encenien una bona foguera i tota la família, amb avis inclosos, s'asseia al seu voltant mentre el pare llegia algun tros d'un llibre. Per Tots Sants rostien castanyes i moniatos, i els contes de por que explicava el pare li feien venir esgarrifances. Mentre recordava li va venir al cap l'època en què el pare va decidir deixar de treballar de professor, va comprar-se un camió i va començar a transportar mercaderies exòtiques. Quin canvi! Comentava que ho feia per no estar tan estressat, però al cap d'uns mesos se'l veia diferent i, tot i que ell dissimulava, ja no era el mateix.

S'entristí en pensar com estaria ara.

Va agafar el mòbil i va trucar a la mare.

—Hola, amor! Què fas?

—Sóc a la barraca, pensant en vosaltres. Com està el pare?

—Encara no hi ha novetats, però el doctor Sastre m'ha dit que les seves constants vitals són correctes. T'has quedat a dormir a la barraca?

—Sí...

—Com és que no has anat a casa d'algun familiar?

—Mare, no t'amoïnis. Vull estar sola i, a més, estic molt bé.

—Quin temps fa per aquí? I la barraca, com l'has trobada?

—Ahir feia molt de vent, però avui fa un dia que sembla que estiguem al juliol. La barraca està força bé, ahir a la nit, una mica freda, però amb l'estufa encesa s'ha escalfat de seguida.

—Ai, Júlia, em fas patir!

—Mare, com vam quedar? Necessito que confiïs en mi. Tu has de tenir cura del pare i per mi no et preocupis. Ja saps que aquí, al Delta, la vida és molt tranquil·la.

—Podries agafar la bicicleta i anar a la platja a dinar com fem a l'estiu.

—Doncs m'has donat una bona idea —va dir la Júlia, més per animar-la que per a ella mateixa.

—Ah, per cert, el sergent Vilarassau m'ha preguntat unes quantes vegades on t'has ficat. Jo li he dit que, encara que no ho sé, estic ben segura que deus estar en bones mans. No li ha fet cap gràcia.

—Ja m'ho imagino. Es deu preguntar què carai vaig agafar de dins de la cabina del camió. Bé, ja ho sabrà quan hagi descobert què s'hi amaga, a les pel·lícules o a les fotos, perquè ben segur que hi ha alguna cosa important. Ja ens posarem en contacte, d'acord?

Abans d'acomiadar-se, mare i filla es van enviar un grapat de petons.

En un tres i no res, es va fer una amanida acompanyada de fruita i dos ous durs, s'ho va posar en un tàper i ho va col·locar dintre del cistell amb la tovallola i el biquini.

Aniria al Serrallo, una de les platges més desertes del Delta, i que ella coneixia tan bé.

D'anada cap a la mar, anava contemplant els camps d'arròs inundats que, com miralls, reflectien els núvols. Al capvespre esdevindrien una gran paleta de pintor per les postes de sol. N'hi havia, però, que estaven puntejats d'herbetes. Eren els grills de l'arròs, que ja començaven a treure el cap i que, d'aquí a un mes o mes i mig, formarien un tapís a tot el Delta. Aleshores, aquella terra era una explosió de colors verds: maragda, oliva, ampolla..., una mar verda bressolada per la petita tramuntana al matí, pel ponent a partir del migdia i a la nit, les brises marines..., sempre amb el permís del mestral, això sí. Més endavant, cap al final de l'estiu, aquest immens tapís aniria tenyint-se de tonalitats ocres; després arribaria la tardor, quan les màquines de segar trencarien tota aquesta harmonia empastifant amb fang els conreus i les carreteres. Finalment, a l'hivern, els grisos i els marrons dominarien altre cop el paisatge.

I així el cercle es tornava a tancar, una mica com a tot arreu, però al Delta la vida i l'entorn estaven lligats a una matèria fonamental: l'aigua. Gràcies a ella, a la seva força, el Delta s'havia anat formant, havia necessitat centenars d'anys, però era allà, potser tan efímer com la rosa d'*El petit príncep*, però la seva existència feia viure una gran varietat d'animals i plantes. La Júlia, enamorada com estava d'aquesta terra, quan sentia que cada any el Delta patia una regressió i que el mar es menjava més i més territori, se li posaven els pèls de punta només de pensar que algun dia podria desaparèixer.

Rumiant i pedalant es va apropar a un munt d'ocells que eren al mig de la carretera. Quan la van veure arribar, es van apartar cap als marges dels petits canals. Entre els animals més grans i vistosos hi havia els bernats pescaires, que estaven amb les ales esteses fent el Crist. Tot i que no era la primera vegada que els veia així, se'ls mirava encuriosida. Ho feien per eixugar-se el plomatge i escalfar-se el cos. De sobte, va sortir una ànega volant amb una ala estirada com si anés ferida; la Júlia va somriure i va baixar de la bicicleta. No es va equivocar: del lloc d'on havia sorgit hi havia mitja dotzena d'aneguets que movien la cua mentre nedaven. Semblaven de vellut i es veien tan febles que no li va estranyar que la mare simulés que estava ferida per distreure qualsevol intrús que importunés la seva pollada.

Un cop va arribar a la sorra, va agafar la bicicleta pel manillar fins a situar-se al darrere d'una duna. Es va despullar sense preocupar-se de mirades indiscretes (a la platja no hi havia ni una ànima i menys en aquell temps) i es va posar el tanga del biquini. Va estendre la tovallola i s'hi va estirar a sobre. Amb el barret tapant-li la cara, va quedar adormida mentre el sol i la brisa del mar li acaronaven el cos mig nu.

Somiava que el sergent Vilarassau i l'Artur la buscaven per Barcelona. L'inconscient havia triat aquests dos personatges com els dolents d'aquesta història.

I per què no hi podia estar implicat, el sergent, es preguntava la Júlia. Moltes vegades els policies també eren corruptes i traficaven amb drogues, i fins i tot mataven. Aquesta darrera possibilitat la va fer esborronar. Estava ben convençuda que el seu pare se'n sortiria; la idea de la mort no li passava pel cap. Va voler pensar que estava de viatge, però ara més lluny que mai, i per això trigaria a veure'l. Va dirigir els pensaments cap al viatge al Marroc; tots dos n'havien estat estudiant el recorregut, com altres vegades. En arribar a Catalunya, havia de fer una aturada a Sant Jaume, sempre que venia del sud ho feia; però això qui millor ho sabria seria la policia quan llegís el tacòmetre. Si va fer un descans una mica més llarg i si s'havia trobat amb algú, devia ser aleshores. Era molt probable que aquest algú fos una persona coneguda i potser va ser la mateixa que el va drogar sense que ell se n'adonés. A la Júlia aquesta hipòtesi li va semblar força coherent. Ara era qüestió d'esbrinar el perquè, el com i el quan.

Un núvol va passar per davant del sol i va fer que la Júlia tingués esgarrifances. Tenia la pell de gallina. Va obrir els ulls i es va fregar amb suavitat els braços i les cames. Va mirar al seu voltant; continuava sola, només li va semblar veure una lluïssor que es movia a la llunyania. Devia ser un pescador de canya, amb el cotxe aparcat al seu costat.

Va mirar l'hora: eren quarts de dues. Mentre feia un mos va recordar que havia de trucar a en Blai. Va agafar el mòbil i després de dubtar una mica li va enviar un missatge: «Tiu, km va tt x aki?». De seguida va rebre resposta: «Tia, k frt! la plcia tsta bskant. M mar vlia truk a la tva xo le dit q u fria jo. On ts?». «Millo q no u sapigs. Ja txplikre. Ptons!»

De sobte, va tenir ganes de cridar i de plorar a la vegada. Necessitava parlar amb algú, però la platja estava deserta, o això li semblava. Va tornar a mirar cap a la seva dreta i altra vegada va veure aquell punt brillant a la llunyania. No s'ho va pensar més; es va posar el vestit i, carregant-ho tot al portaequipatges de la bici, va marxar caminant pel costat de l'aigua. Anava pensant com enfocaria la conversa. No volia crear cap malentès; ja tenia prou problemes i el record de la nit passada era massa recent.

El cotxe estava aparcat paral·lel a la costa; per això era ben difícil esbrinar des de lluny què era el que brillava. Al seu costat hi havia tres canyes a sobre d'uns suports de ferro clavats a la sorra. A l'extrem portaven unes campanetes per avisar quan els peixos havien mossegat l'ham. Els fils de pescar entraven a l'aigua i es perdien mar endins. El pescador tafanejava al darrere del vehicle i no s'havia adonat de la seva presència, però...

CAPÍTOL 14

... a sota del cotxe i amagat del sol hi havia algú que acabava de despertar de fer una becaina. Quan va veure la noia que s'apropava arran d'aigua, va sortir bordant i ensenyant les dents. La Júlia va quedar petrificada i, instintivament, es va protegir posant la bicicleta al seu davant. Va sonar un xiulet i l'animal, un bòxer de color marró amb la cua i les orelles retallades i cara de pocs amics, va restar immòbil però sense abaixar la guàrdia. El pescador va tancar la porta del darrere i es va arrambar amb un morrió a la mà. La Júlia es va fixar que els intermitents estaven nets de pols i, de cop i volta, se'n va adonar: aquell cotxe era el mateix que la nit anterior anava amb els llums apagats pel costat del riu. El gos l'havia reconegut i per això estava tan empipat.

—Ei, perdona, noia —va disculpar-se aquell senyor amb accent alemany mentre acaronava l'animal i li lligava el morrió.

—*On se ipucoerp.*

—Què?

—*On se ipucoerp, me af rop, òrep on atnat moc lle airdlov*!

—Quin idioma parles? —va preguntar encuriosit el propietari del quisso.

—*Nu amoidi euq ut on snetne* —va contestar-li la Júlia amb un somriure.

La Júlia, quan volia evitar haver de relacionar-se amb algú, sempre feia servir la mateixa estratègia: parlar a l'inrevés. Així se sentia protegida i tenia l'oportunitat d'explotar la seva vena artística, interpretant el personatge que més li agradava: Júlia, la misteriosa.

Com que era impossible mantenir cap conversa, va continuar caminant per la vora de l'aigua fins que va sortir de la platja. De tant en tant es girava, però sempre veia la mateixa estampa: l'estranger, capficat en les canyes de pescar, i el gos, capficat a vigilar-la. Estava segura que fins i tot li grunyia.

En girar la vista cap als ports de Tortosa, la Júlia va veure com al Montsià li apareixia una enorme cella en forma de núvols, i això només volia dir una cosa: vent. Abans que el temps empitjorés, va pujar a la bicicleta i va emprendre el viatge de tornada. No havia recorregut ni un parell de quilòmetres quan el vestit li va començar a fer de paravent, a cada cop de pedal s'havia de posar per sobre del manillar. El vent bufava a cor què vols. Quan va arribar a la barraca estava extenuada; va desar la bicicleta i es va estirar al llit per recuperar-se de l'esforç immens que havia fet. La va despertar la gana. Va mirar l'hora: eren quarts d'onze de la nit. Va menjar una mica i es va dedicar a passar llista de tot el que li havia passat fins aleshores. Passava el vídeo mental quan, de sobte, es va aturar en la conversa dels vells al costat del riu. A més de la paraula «matuta», havien esmentat alguna cosa sobre la droga. Posaria la mà al foc que aquell alemany i algú més aquella nit no estaven ni caçant ni pescant il·legalment.

Va prendre una determinació. Agafaria la bicicleta i aniria al costat del riu, al mateix lloc on havia anat a parar la nit que l'havia creuat amb la muleta. Abans, però, s'havia de protegir del gos, aquell sí que era un greu problema. Després de donar-hi voltes, es va emportar l'esprai que tenien sota la pica de la cuina; estava segura que a aquell bòxer no li faria cap gràcia haver d'ensumar propoxur, tetrametrina, permetrina, dissolvents i propel·lents. Tampoc no es va descuidar dels prismàtics, que utilitzaven per veure els flamencs a la bassa de la Tancada.

Va dubtar unes quantes vegades, però finalment va trobar el caminet que la portaria fins al riu. Va amagar la bici entre l'herbam i es va apropar amb molta cura a l'eucaliptus d'una de les branques del qual s'havia penjat per sortir de l'aigua. Estava atenta a qualsevol soroll. Es va treure els prismàtics i anava repassant els canyissars que hi havia als marges del riu, així com les ombres que es retallaven a la llum de la lluna. Res; només es movien les canyes i les branques dels arbres.

Un grapat de núvols la va deixar a les fosques i tot seguit es van sentir unes veus. La Júlia es va incorporar i va tornar a mirar pels binocles. Anava fent una passada de dreta a esquerra quan li va semblar que allò que es movia no era cap branca ni cap canya. Era el cap d'una persona, que es movia amb rapidesa..., dues persones que anaven i venien pel costat de l'aigua. Es va aixecar i s'hi va acostar sense gaires precaucions. Veia una embarcació i també un vehicle. Ara hi havia més persones que estaven enfeinades, ajupint-se i agafant uns paquets. La Júlia estava convençuda que allò era droga, i també tenia el pressentiment que algú l'estava mirant. Va abaixar amb suavitat els prismàtics dels ulls i davant seu, a una dotzena de metres, dos ulls inquisidors l'observaven. Tenia la motxilla als peus; hi va introduir la mà i va notar la superfície cilíndrica i freda de l'esprai. El gos s'aproximava amb cautela, però amb determinació; sabia que ara no hi hauria ni morrió ni xiulet que l'aturés. Grunyia sordament i no tenia pressa.

Mai la Júlia no hauria pensat que tot plegat aniria tan ràpid. Així que el bòxer se li va llançar a sobre, ella li va ruixar la cara fins a buidar gairebé el contingut del pot d'insecticida. El quisso va caure com un sac de patates i, mentre grinyolava com un boig, va girar cua cap al seu amo. La Júlia es va enfilar a un arbre que tenia al costat i va esperar que aquella gent marxés. Com que li van passar molt a prop, no li va ser difícil veure'n la matrícula i memoritzar-la.

Així que va tornar a la barraca, va agafar el son de seguida. Les emocions viscudes durant els darrers dos dies l'havien extenuat, tant que l'endemà es va despertar a quarts d'onze. Després de dutxar-se va engegar el mòbil i va veure que tenia unes quantes trucades de la mare, d'en Blai, de l'oncle Martí..., però al contestador hi havia un missatge que la va posar molt contenta: era del servei tècnic, que ja havien netejat i reparat les càmeres i que les imatges es podien veure però una mica borroses. No s'ho va pensar gens i va trucar a en Blai:

—Ei, Júlia, què passa? Amb tantes presses deu ser molt important això que vols. Estic a l'hora del pati. Si em veuen parlant pel mòbil me la carregaré.

—Ostres, és veritat, però és que és molt urgent. Escolta'm bé: quan acabis les classes de la tarda, vas al servei tècnic amb el rebut que et vaig donar i demanes les dues càmeres. No sé quant val.

—I què en faig, de tot això?

—Així que ho tinguis em fas una trucada. Ja et donaré més indicacions.

—Estic intrigadíssim...

—Jo també. Ara et deixo, ja me'n diràs alguna cosa. Adéu.

Per dinar va prendre un plat de pasta acompanyat d'una bona amanida. No podia agafar un llibre i posar-se a llegir; estava massa nerviosa mentre esperava la trucada del seu amic. Necessitava fer alguna activitat que la distragués, però el mòbil no va tardar gaire a sonar: era en Blai.

—Ja les tinc.

—On ets?

—A casa. On vols que sigui?

—Molt bé, posem els altaveus dels mòbils, agafes les fotos i les mires amb tranquil·litat. De passada em dius què és el que hi veus.

—En la primera hi ha una mesquita i gent vestida amb túniques. Sembla el Marroc...

—D'acord, vés passant...

—En la següent es veu un mercat amb animals...

—Molt bé, continua.

—Aquesta és d'un poblet al costat d'un desert.

—Un moment, agafes totes les fotos que són del Marroc i les passes, aquestes no ens interessen. Fes-te a la idea que has passat l'estret de Gibraltar i que vas cap a Barcelona.

—I com ho sabré?

—És molt fàcil, de seguida que entris a Catalunya hi haurà una foto del rètol de l'autopista.

—Ostres, és veritat! Ets bruixa o què?

—No, home, és que el meu pare sempre fa la mateixa foto. Així, quan ens ensenya el reportatge, sempre diu alguna cosa que ens fa riure. Ara, no t'estranyi que hi hagi alguna foto dels voltants del Delta.

—A veure... Doncs sí, aquí surt Sant Carles de la Ràpita i ara n'hi ha una amb grans extensions d'aigua.

—Això, Blai, són els camps d'arròs, que estan inundats per a la propera temporada.

—A mi què m'expliques... Ei, aquesta sí que m'agrada. És maquíssim...

CAPÍTOL 15

... aquest gos! Que és vostre?

—De què m'estàs parlant?

—De la fotografia d'un bòxer.

—D'un bòxer? —va preguntar la Júlia incrèdula.

—Sí, noia.

En Blai li va explicar fil per randa el que estava veient.

La Júlia no s'ho acabava de creure: el pare coneixia aquell alemany i el seu gossot. Això volia dir que podia estar implicat en el tràfic de drogues que ella havia descobert la nit abans.

Estava tan confusa que va trigar uns segons a reconèixer la veu d'en Blai, que li parlava des del mòbil que tenia sobre la taula.

—Júlia, que em sents? —cridava—. Segueixo o no?

—Ai, sí, sí, perdona. Hi ha més fotos?

—Bé, ara surten persones i una masia.

—M'hauries de dir com és la masia.

En Blai va fer una descripció tan acurada com va saber d'aquella casa i de l'entorn. La Júlia s'ho va apuntar tot en una llibreta i després li va demanar que li comentés la pel·lícula que el seu pare havia enregistrat. El reportatge era més variat, però la part final era semblant a les fotografies i la darrera imatge va ser el remolc del camió.

La Júlia li va dir que ja es posaria en contacte amb ell més endavant.

Quan va apagar el mòbil, la Júlia llegia i rellegia per veure si li sonava alguna cosa en particular. En Blai havia dit que al darrere de la casa hi havia quatre arbres molt grans, de capçada ampla i gens atapeïda; que la façana estava pintada de color blanc i les finestres tenien un to blavenc; a l'esquerra, i adossat a l'edifici principal, hi havia una espècie de magatzem amb una porta grossa de fusta pintada de blau; al davant, com gairebé totes les cases i masies del Delta, el porxo i el pou. La Júlia va pensar que els arbres devien ser eucaliptus, els quals estaven plantats a la part nord de la casa; normalment totes les masies estaven construïdes mirant al sol del migdia. Ho tindria força difícil per trobar-la, perquè hi havia moltes cases semblants a aquesta descripció.

Va pujar a la bicicleta i, amb els prismàtics dintre de la motxilla, va començar la recerca. Primer anava buscant aquells arbres ben grans i, així que en veia, es col·locava els binocles davant dels ulls. Ho va fer unes quantes vegades, però sempre hi faltava o hi sobrava un arbre. En Blai li havia dit quatre, ni cinc, ni tres. La tarda anava passant i aquella masia no apareixia. Va estar a punt d'abandonar quan, de sobte, la va veure. Tot i que quedava poca llum, es veia ben clara: els quatre eucaliptus, les finestres de color blavenc, el magatzem al costat, el porxo, el pou... i la furgoneta de l'alemany. No s'hi veia cap moviment, i les portes i finestres estaven barrades amb porticons. S'hi va aproximar per la part dels eucaliptus i, ben enganxada a la paret, va fer la volta a la casa.

No se sentia cap soroll a l'interior.

La Júlia es va amagar al costat del pou. No tenia pressa ni tampoc tenia gana; així doncs, podia esperar. Per no angoixar-se, es va dedicar a contemplar el paisatge. Veia com els núvols pintats de colors vermells, liles, taronges, blaus, blancs... acompanyaven el sol, que es ponia pel darrere del Montsianell. Aquella escena era preciosa i li transmetia una pau interna, que es va desfer de seguida quan va veure els llums d'un vehicle que s'apropava.

Tot d'una, es va adonar que l'amagatall no era segur. Aquella masia estava envoltada d'arrossars. Els eucaliptus eren massa grans per enfilar-s'hi i tampoc no podia posar-s'hi al darrere, ja que el gos, que de ben segur també venia, l'ensumaria i llavors sí que tindria greus problemes. Havia deixat la bici massa lluny. Va mirar la porta del magatzem, el porxo, la porta principal, la porta del pou, que més aviat semblava una finestra...

Això mateix! S'amagaria dins del pou!

No li va ser gens difícil entrar per aquella porteta. Un cop dins, es va obrir de cames, es va recolzar a les parets i, per a més seguretat, es va agafar a la politja. Amb força va tancar la porta, que tenia uns foradets per on podia mirar a l'exterior i respirar amb tranquil·litat. No patia de claustrofòbia, sinó hauria begut oli. La posició no era gaire còmoda, però era millor això que res.

Al cap d'uns minuts, va sentir les veus i les rialles de

tres persones. Encara estaven massa lluny i li era força difícil captar-ne els matisos, però hauria jurat que una de les rialles li era coneguda. Va notar com obrien la porta del magatzem i després ja no va sentir res més.

Les cames li feien figa. Tot i que intentava pensar en altres coses, no podia evitar moure la cama dreta, que se li estava adormint. Es va agafar a la corda que lligava la galleda de ferro, però aquesta, en el moment que va aixecar la cama, va començar a dringar. La Júlia es va espantar, va mirar pels foradets que tenia a l'altura de la cara i va guardar silenci, un silenci llarg, feixuc, insuportable.

Va tenir sort; ningú no havia sentit aquell infernal soroll, que havia augmentat per la caixa de ressonància que formaven les parets, el sostre i l'aigua del pou. La cama ja no li feia mal; en aquell moment, només la molestava una teranyina que tenia davant mateix del nas. Va bufar diverses vegades per intentar fer-la caure i, quan ho va aconseguir, va notar com algú respirava darrere d'aquella portella. Va concentrar tota la seva atenció en el que acabava de sentir. No era que algú respirés, sinó algú que ensumava. La Júlia es va aguantar l'alè, el cor li anava a cent, la cama dreta que havia estat a punt d'adormir-se-li li tremolava. Era altre cop aquell gos repulsiu, que l'havia descobert. La Júlia, en un intent d'arrambar-se més a la paret, ...

CAPÍTOL 16

... li va relliscar el peu i va caure a l'aigua, acompanyada pels lladrucs del bòxer.

El contacte amb l'aigua va ser brutal, la sensació de fred barrejada amb la foscor li van causar unes ganes boges de cridar, però no ho podia fer si no volia ser descoberta.

A dalt encara se sentien els lladrucs del gos i, just en aquell moment, s'hi van afegir uns crits en alemany.

La porta del pou es va obrir i per la penombra del forat va aparèixer el cap d'una persona.

—Però si només és la galleda, que ha caigut! —va exclamar l'home amb aquell accent característic.

La Júlia, per por de ser descoberta, havia agafat la galleda i se l'havia col·locat per barret. Encara que podia respirar perfectament, la sensació d'ofec era superior a les seves forces i de seguida va tornar a treure el cap a la superfície.

—Va, tu, espavila't que tenim pressa! —cridaven al darrere de l'alemany.

La porta es va tornar a tancar i la Júlia va quedar altre cop a les fosques, agafada a la corda tremolant de fred.

No es podia quedar esperant que aquella gelor la deixés paralitzada. Ajudant-se amb els peus a la paret, la Júlia va començar a pujar fins a arribar a la politja; un cop dalt, va obrir la porta i va sortir d'aquell infern, d'aquell infern gelat, humit i fosc. Amarada com estava, va començar a saltar i a córrer per entrar en calor sense importar-li si el gos i les persones que l'acompanyaven la descobrien.

Però ja no hi havia ningú.

Es va despullar davant de la porta de la masia i, amb totes les seves forces, va rebregar els pantalons perquè quedessin ben escorreguts; no contenta amb el resultat, els va picar contra les columnes del porxo. Després va fer el mateix amb la samarreta i el jersei. Quan es va tornar a vestir, l'única cosa que va notar va ser que ja no regalimava aigua pertot arreu, però la sensació de fred continuava sent ben forta. Portava la roba tan arrapada que semblava una segona pell.

La tornada cap a la barraca se li va fer eterna, les dents li espetegaven i el cap li punxava de dolor. Quan va arribar, es va posar sota la dutxa amb l'aigua ben calenta fins que va recuperar l'escalfor del cos. Va regirar la farmaciola que tenien i es va prendre una infusió que fumejava.

Estava trasbalsada, ja que la caiguda al pou l'havia angoixada moltíssim. I també estava empipada perquè estava segura que en aquella masia hi havia alguna cosa que podria ajudar el seu pare, però per desgràcia no havia pogut esbrinar res de nou.

Donava voltes i més voltes al que li havia passat i, finalment, va decidir que hi havia de tornar, però aquest cop hi aniria preparada. Va agafar una escarpra i un martell de la caixa d'eines que el pare tenia per fer bricolatge, roba de recanvi i, gràcies a la previsió de la seva mare, que sempre en tenia dos per si de cas, un altre esprai insecticida antibòxers, que tan bon resultat li havia donat la nit anterior. Ho va posar tot a la motxilla i, dalt de la bicicleta, es va presentar en un tres i no res davant de la porta del magatzem. Va comprovar que no hi havia ningú, i aleshores va actuar amb absoluta llibertat. El pany va quedar destrossat i, quan hi va entrar, va encendre la llanterna que portava. Davant dels seus nassos hi havia la carrosseria d'un camió, on la taca rodona de llum projectada per la lot es veia molt petita. Com que no ho podia apreciar, de tan a prop que estava, la Júlia va recular fins que va aparèixer un dibuix.

Tot seguit va tancar la porta i va encendre els llums d'aquell magatzem.

La sorpresa va ser majúscula!

El dibuix que havia vist era la cara d'un llop, però en aquell moment el veia sencer i corrent per una estepa.

No s'ho podia creure!

Era la carrosseria del camió del parc!

Què hi feia, en aquella masia, si ella l'havia vist a l'autopista a prop de Barcelona? La Júlia no entenia res de res, però a hores d'ara sí que començava a sospitar de tothom, del pare inclòs.

Per sortir de dubtes, i ajudada altre cop per l'escarpra i el martell, va obrir una de les portes. A l'interior hi havia uns paquets molt ben embolicats. La Júlia, frisosa, en va estripar l'embolcall, i encara que sospitava què contenia no va poder reprimir un crit de ràbia i d'impotència pel que acabava de descobrir...

Era droga!

En forma de rajoles rectangulars folrades de plàstic i amb un segell amb signes àrabs.

En un racó del magatzem, al costat d'una finestra, hi havia un armari de fusta tancat amb clau. La Júlia, enrabiada com estava, va emprar el mateix procediment que amb la carrosseria del camió. Com que l'armari era bastant de nyigui-nyogui, en va fer miques la porta. A dins hi havia tots aquells objectes que alguna vegada havia vist a la tele quan la policia havia fet una confiscació de droga: plaques de matrícula, feixos de bitllets d'euros, dirhams marroquins i dòlars, dues escopetes retallades i tres pistoles, esprais de pintura, passaports de diversos països... La Júlia es va atabalar tant que no va voler seguir mirant, ni tan sols va obrir els passaports per comprovar si el seu pare estava fotografiat en un d'ells. Va decidir marxar de seguida d'aquella casa, no fos cas que encara la descobrissin.

Va tornar a pujar a la bicicleta i, sense mirar enrere, va arribar mig esbufegant a la porta de la barraca. No tenia ganes ni de fer un mos. Es va tornar a dutxar per treure's de sobre aquella angoixa que li estrenyia el cor, després d'haver vist la carrosseria del camió del pare, que l'implicava en aquella trama de tràfic de drogues. Ja començava a entendre per què ell i el seu soci, l'Artur, guanyaven tants diners. Més viatges, més drogues; més viatges, més diners. Com havia pogut caure tan baix? Ell que sempre parlava de la dignitat humana i que sempre estava en contra d'aquests afers... Bé, això és el que deia cada cop que sentia alguna notícia sobre el tema. Aleshores... potser sí que anava drogat i la policia tenia tota la raó del món. Però com és que no hi van trobar res, al camió? També podria ser que no en diguessin res a ningú per agafar tota la banda. Era ben clar que el pare, l'estúpid de l'Artur, aquell poca-solta a qui la Júlia havia obert el cap, l'alemany i els que eren amb ells al riu la nit passada eren una banda de traficants de droga. I ella, la Júlia, els havia descobert en intentar ajudar el seu pare.

Va pensar de trucar a la mare i explicar-li el que havia esbrinat, però no va gosar. Seria molt desagradable dir-li tot el que sabia per telèfon. Per si de cas, i per evitar que tant la mare com en Blai li truquessin i notessin el seu estat d'ànim, va desconnectar el mòbil i es va posar a dormir. Potser l'endemà estaria més tranquil·la i animada. Però va ser una nit molt difícil, una nit de voltes i més voltes al llit.

Quan el sol va començar a despuntar es va llevar, va endreçar-ho tot com sempre ho feien els pares. Semblava com si allí no hi hagués estat ningú.

Un cop tancada la porta de la barraca i, quan es disposava a guardar les claus a l'amagatall de sempre, va mirar a terra i...

CAPÍTOL 17

... les petjades d'un gos anaven i venien pels voltants i s'aturaven a cada finestra. Tot i que hi havia alguna cosa estranya, la Júlia no s'ho va pensar gens: es va lligar ben fort la motxilla a l'esquena i va començar a córrer cap al pas de barques. Sabia que molt a prop d'allí sortien els autocars cap a Barcelona; l'estació de tren era molt més lluny. No es va haver d'esperar gaire. Ràpidament va pujar a l'autocar i es va situar als seients del darrere, on no hi havia ningú. Es va col·locar els auriculars de l'MP3 i, mentre escoltava música, va tornar a recordar el que havia viscut aquests dies: unes imatges que, a mesura que apareixien, s'anaven barrejant.

Era un bon trencaclosques.

Es va treure de la motxilla una llibreta i un boli i va anar apuntant tot el que li semblava que podia tenir alguna relació: l'accident del camió; el pare, sota sospita d'anar drogat; el sergent Vilarassau; les sabates que havia vist a la seva habitació amb les petjades de gos a la sola; les fotos i la pel·lícula que en Blai tenia en el seu poder; l'Artur; el cotxe sense llums; l'alemany i el seu bòxer; la masia; la carrosseria del camió; l'armari de fusta ple de proves incriminatòries; les petjades del gos al voltant de la barraca...

—Ostres! —va cridar ben fort mentre es donava un cop a la cuixa.

La Júlia havia recordat què tenien d'estrany les petjades del voltant de la barraca. Estaven molt separades i gairebé l'una davant de l'altra. Això volia dir que: o bé aquell animal caminava com un home o bé era un home que calçava unes sabates que a la sola tenien petjades de gos...

Eren les mateixes que havia vist quan era sota el llit, a la seva habitació.

—Qui coneix la barraca de Sant Jaume i el pis de Barcelona? —es va preguntar.

En un principi, apareixien tres persones: el pare, la mare i l'oncle Martí.

L'oncle que vivia a París era difícil que pertanyés a una banda que traficava amb drogues procedents del Marroc que eren distribuïdes des d'aquell mas de Sant Jaume d'Enveja; la mare, per descomptat, no era la persona que buscava, i el pare, tot i que havia descobert que sí que pertanyia a la banda, ara per ara era obvi que no podia ser el que havia anat al pis o a la barraca...

Era l'Artur!

Ella sempre n'havia desconfiat. Segur que el pare li devia haver fet una còpia de les claus del pis de Barcelona. També quedava ben clar que coneixia perfectament on era la barraca. Potser no sabia on estaven guardades les claus; de fet, ni les necessitava. Les petjades havien de ser seves: anava darrere seu.

Tot lligava.

Encara li quedaven dues hores de viatge, però va decidir no pensar més en tot aquest embolic i fer una bona becaina. Quan arribés a Barcelona es posaria en contacte amb en Blai i acabaria de veure totes les fotografies i la pel·lícula que el seu pare havia fet. Va abaixar el volum de l'MP3 i va tancar els ulls. Això és el que sempre feia quan viatjava, fos quin fos el mitjà de transport, i no seria el primer cop que havia passat de llarg la seva estació de tren o de metro. Afortunadament, aquest cop això seria impossible: l'autocar tenia una única parada.

De tota manera, una senyora que estava asseguda davant seu la va haver d'avisar que havien arribat i que tothom baixava.

Va agafar la línia de metro que la duia a prop de casa i de seguida va trucar a en Blai perquè li portés les fotos i la pel·lícula. Com que el seu amic no contestava, li va enviar un missatge per dir-li que l'esperava impacient.

Va obrir la porta del pis i va veure que les persianes estaven apujades i deixaven passar la claror del dia. Va pensar que la mare havia vingut a canviar-se de roba i a dutxar-se i, de cop, va tenir un calfred en pensar com li explicaria el que havia descobert. Va anar directa a l'habitació en el precís moment que trucaven pel mòbil. Era en Blai, que havia llegit el seu missatge i que s'afanyava per anar a veure-la.

No va trigar ni un quart d'hora a arribar. Es van fer dos petons i la Júlia d'un estrebada li va prendre les càmeres de les mans.

—Ei, què passa? —va preguntar en Blai en veure-la tan nerviosa.

—Ara t'ho dic, però primer vull veure la pel·lícula i les fotos —va contestar la Júlia mentre corria cap a l'ordinador.

—Tens alguna coca-cola? —cridava en Blai anant cap a la cuina.

—No ho sé, però podries anar a la pizzeria d'aquí al davant i comprar un parell de pizzes i dues coca-coles. Tinc diners a la bossa.

Mentre en Blai anava a fer aquell encàrrec, la Júlia passava i repassava les imatges. No hi trobava res de sospitós. Només la sorprenia el final. Acostumada a sentir la veu del pare fent algun comentari sobre el viatge, aquest cop només va sentir un renec mentre sortia una part de la carrosseria del camió... Després, res més, com si se li haguessin acabat les ganes de continuar enregistrant. Estava decebuda, però no volia claudicar. Quan es va decidir a veure-la per últim cop, va sonar el timbre de la porta.

—Com és que no has agafat les claus? —preguntava la Júlia mentre obria la porta.

La cara li va canviar en uns segons...

CAPÍTOL 18

... era l'oncle Martí.

—Caram, nena, on t'havies ficat? —li va dir renyant-la carinyosament mentre l'abraçava—. Tens molt preocupats la mare i la família del Delta. La mare, perquè fa dies que no et veu, i la família del Delta, perquè han sabut que has estat a Sant Jaume i no has anat a veure'ls. Però qui treu foc pels queixals és el sergent Vilarassau, que està convençut que vas agafar alguna prova molt important de dins del camió —continuava explicant tot picant-li l'ullet.

La Júlia es va desfer en llàgrimes abraçada a en Martí.

—Tiet, he descobert que el pare pertany a una banda que trafica amb drogues...

—Què dius!

—Que sí, que he estat a Sant Jaume i he vist on guarden la droga i tot el muntatge que tenen...

—Ho has dit a algú?

—Nooo! Encara no. Ara volia anar a explicar-ho a la mare. Però no sé com començar. I a més a més, la policia m'estarà esperant.

—Va, no et preocupis, ja t'acompanyaré.

—Gràcies, tiet! —va dir la Júlia mentre li feia un petó a

la galta—. No sé què faríem sense tu. Vaig un moment al lavabo i ara marxem.

La Júlia, atabalada com estava, ni se'n recordava, d'en Blai, les pizzes i les coca-coles.

Mentre sortia del lavabo on s'havia rentat la cara, l'oncle parlava pel mòbil.

—Sí, sí, ara venim... Era la mare, que preguntava per tu. Li he dit que estàs molt bé i que ara anem cap a l'hospital —va dir en Martí tot guardant-se el mòbil a la butxaca i obrint la porta del pis.

—Li has comentat alguna cosa més? I el pare, com està?

—No, i ara. El que passa és que està molt amoïnada i fins i tot té un parell de Mossos tota l'estona al seu costat per veure si apareixes. El pare sembla que va millorant.

La Júlia feia el cor valent, però no li hauria costat gaire tornar a plorar. En Martí l'agafava per l'espatlla i se l'apropava contra el seu cos per animar-la.

—Quina oloreta que fas noia.

—És la colònia que em van regalar per l'aniversari. És la meva preferida.

—Doncs és molt bona. Com es diu?

—«Amor amor», de Cacharel.

—Sí que tens gustos sofisticats, tu. Però ara ja ho sé per al proper regal que et faci —deia en Martí mentre li pessigava la galta amb suavitat—. Anem, que tinc el cotxe aquí al davant. L'he deixat perquè me'l rentin.

Després de pagar l'aparcament i la neteja del cotxe, va sonar el mòbil de la Júlia.

—És la mare! Potser vol que li porti alguna cosa de casa... Hola, mare! Ara venim...

La cara de la Júlia es va transformar.

—Llença el telèfon! —va dir en Martí donant-li un cop a la mà i tirant el mòbil pel terra.

La noia, que no entenia aquella reacció tan forassenyada del seu oncle, quan va anar a recollir les dues peces en què s'havia desmuntat l'aparell es va quedar de pedra picada...

El paviment mullat estava ple de petjades de gos i totes sortien de sota les sabates que en Martí calçava.

—Tuuu! —va cridar fora de si—. Què en saps tu, de tot plegat? Ets tu qui em va remenar l'habitació i em vigilava a la barraca?

Els ulls de la Júlia llançaven espurnes.

—Jules... On són les càmeres que vas agafar de la cabina del camió? Dóna-me-les i no et preocupis per res més —va respondre en Martí amb sang freda.

—I una merda!

En Martí, quan la Júlia va començar a córrer cap al carrer, es va posar els dits a la boca i va xiular ben fort. De dins d'un cotxe que hi havia al costat de la porta van sortir dos vells coneguts de la noia: l'alemany i el poca-solta que l'havia pujat fent autoestop.

La Júlia va intentar escapolir-se pel darrere d'una columna, però l'alemany va ser més ràpid i la va fer ensopegar. La patacada va ser espectacular. La Júlia es va donar un cop de cap contra un cotxe i va quedar sense sentit.

—Animal! No calia que li fessis mal! —va dir en Martí a l'alemany mentre li clavava una empenta.

Al cap de mitja hora, la Júlia va obrir els ulls i davant seu va aparèixer la cara borrosa del seu oncle. Circulaven per un carrer de Barcelona; conduïa l'alemany i, al seu costat i girat cap enrere, mirant-la fixament, anava aquell brètol de la furgoneta.

—Escolta'm, Jules —li parlava carinyosament en Martí—, tot allò que has vist a la masia de Sant Jaume ho has d'oblidar de seguida i no ho diguis a ningú, si no ens causaràs molts problemes. I tu no vols que el teu tiet tingui problemes, oi?

—Però sou uns traficants i us denunciaré a la policia...

—Calla d'una vegada i para de fer l'idiota, que encara cobraràs! —li va engegar el pocavergonya que tenia al davant.

—Deixa'm estar! O és que no en vas tenir prou amb el cop al cap que et vaig donar?

Aquell bergant va saltar com una fúria i, amb un cop de puny, la va estabornir.

—Bèstia! Per què li pegues? —va cridar en Martí mentre l'estomacava de valent.

L'alemany, mig en català i mig en el seu idioma, els demanava que paressin si no volien cridar l'atenció dels altres conductors.

La Júlia es va despertar amb mal de cap estirada damunt d'un llit. Era en una habitació a les fosques i només entrava una mica de claror per la finestra que hi havia al sostre. Intentava recordar tot el que li havia passat durant aquells dies. Un dels records que va recuperar va ser la rialla que va sentir quan estava amagada al pou a la masia del Delta; era la del seu oncle, i per això li era familiar. Els altres records van ser interromputs pel soroll de la porta que s'obria.

—Ja t'has despertat? —va preguntar en Martí, que portava una safata amb menjar i anava acompanyat de l'alemany.

La Júlia els va llançar una mirada furiosa i ni li va contestar.

—Jules, Jules, tracta d'entendre'm. Jo no volia que això acabés d'aquesta manera.

—Ah, no?

—És clar que no. Tot se'ns ha complicat per culpa del teu pare —va deixar anar l'alemany amb ràbia.

—Per què, per culpa del meu pare? —va preguntar la Júlia incorporant-se.

—Quan el teu pare em va dir que deixava l'ensenyament i es dedicava al transport de mercaderies internacionals, vaig tenir una bona pensada —va continuar l'oncle—. Ens feia falta una persona lliure de tota sospita per portar la droga des del Marroc i distribuir-la per Europa...

—I com el vas convèncer? —va interrompre la Júlia.

—No el vaig convèncer. Senzillament, ens vam aprofitar de la situació.

—Què vol dir això?

—Que la droga la portàvem per mar fins al Delta i la introduíem pel riu. Cada viatge que el teu pare feia al

Marroc, com que sabíem que passava per Sant Jaume i s'hi estava una bona estona, li canviàvem la càrrega d'una carrosseria a l'altra i d'aquesta manera s'emportava la droga sense saber-ho. Tu ja vas veure la segona carrosseria, oi?

—I no se n'adonava? —va preguntar encuriosida la Júlia.

—La droga anava ben amagada en un compartiment interior i era difícil de descobrir. Després de fer nit a Barcelona, marxava cap a Alemanya, on tenim els nostres contactes i, sense que ell ho sabés, descarregaven tota la mercaderia i la distribuïen. La jugada era perfecta.

—Ja ens ho va posar ben difícil, amb aquella merda de llop...

Aquest cop havia parlat el pocavergonya de la furgoneta, que no s'havia pogut resistir.

—Doncs sí. Un dia li vaig trucar amb qualsevol excusa i em va comentar que s'havia fet un grafit a la carrosseria del camió. Sort en vam tenir, de trobar un pintor que ens en fes una còpia exacta a l'altra carrosseria —va continuar en Martí mentre li servia taronjada.

—I quin paper té l'Artur en tota la trama? —va demanar la Júlia.

—L'Artur? Aquell fatxenda! Aquí no hi pinta res —va respondre-li en Martí.

—I el pare quants viatges va fer?

—Una dotzena, més o menys, però tot es va espatllar per aquesta refotuda mania de les fotos i les pel·lícules —va respondre l'alemany.

—Sí, el teu pare el darrer cop que va venir del Marroc

va descobrir que la carrosseria no era la mateixa. —Ara qui parlava era en Martí—. Sembla que, quan va passar l'estret de Gibraltar, al ferri li van fer alguna ratllada al grafit. Nosaltres no ho vam veure i li vam fer el canvi com sempre, aprofitant que estava dinant amb uns familiars. Se'n va adonar en una parada que va fer a l'autopista per gravar. Va escorcollar minuciosament tot el que portava fins que va trobar la mercaderia. Com que confiava en mi, em va explicar tot el seu descobriment. Vaig agafar un avió des de París per parlar-hi. Ho volia denunciar als Mossos així que arribés a Barcelona! Per aturar-lo, li vaig haver d'explicar que jo estava al darrere d'aquest merder. Aleshores sí que es va enfadar. Vaig intentar convèncer-lo, però no va haver-hi manera. Li vaig oferir molts diners i li vaig prometre que no tornaria a passar més...

—Però ell estava encaparrat a denunciar-nos i li vaig haver de posar aquella dosi de droga a la beguda —va acabar de dir l'alemany tot picant l'ullet al de la furgoneta, que reia per sota el nas.

—A mi no em fa cap gràcia! —va cridar la Júlia molt enfadada, llançant-li una poma que hi havia a la safata del menjar.

La reacció d'aquell individu no es va fer esperar. Amb un bot es va posar damunt del llit i, quan la Júlia estava a punt de rebre una bona bufetada, en Martí el va fer caure a terra. Tots dos es van començar a barallar a cops de puny i, de sobte, l'alemany es va treure una pistola i amb la culata va deixar sense coneixement en Martí d'un cop al cap.

—Ja n'estic cansat, de tantes bestieses! I tu, nena, si em tornes a emprenyar, et fotré un tret. I ara, fes el favor de no bellugar-te mentre decidim què és el que fem amb vosaltres dos.

La porta va quedar tancada amb clau. La Júlia era damunt del llit i en Martí, a terra, de bocaterrosa, amb un bon nyanyo al cap.

A l'altra part de l'habitació se sentien unes veus crispades. La Júlia va pensar que, sens dubte, l'alemany estava parlant pel mòbil amb la resta de la banda.

Va apropar a la boca del seu oncle una mica de taronjada per reanimar-lo, i aquest va anar recuperant el color rosat dels llavis.

—Què ha passat? —va preguntar mentre es fregava el clatell.

—L'alemany, que t'ha donat un cop amb la pistola —va respondre la Júlia—. Ara estant parlant amb algú. Suposo que deuen decidir què fan amb nosaltres dos.

De sobte, van sentir uns copets damunt seu. Venien de la finestra que hi havia al sostre. La Júlia i en Martí van aixecar els ulls...

CAPÍTOL 19

... i van veure una cara coneguda. Era en Blai.

—Espavila't, Júlia. Treu els llençols del llit i lliga'ls.

En Martí es va enfilar sense fer gens de soroll damunt d'una cadira, que va col·locar a sobre de la tauleta de nit. Va obrir la finestra amb la punta dels dits i va donar els llençols a en Blai, i aquest, passant-se'ls per la cintura, es va eixarrancar com si ajudés un alpinista a escalar una muntanya. La Júlia va començar a pujar i, quan ja estava a punt d'arribar a dalt de tot, va sentir el soroll d'una clau que girava dins del pany.

—De pressa, Júlia —va cridar en Martí mentre intentava falcar la porta amb una calaixera.

Uns crits i uns cops es van succeir amb rapidesa mentre en Blai i la Júlia observaven espantats el que passava a l'interior de l'habitació.

—Blai, truca als Mossos! —va cridar la Júlia en veure que aquells dos subjectes havien pogut entrar i es tiraven damunt del seu oncle.

Van treure els llençols i, amb molt de compte, anaven caminant per la teulada d'aquell edifici antic i no gaire gran situat en un dels barris perifèrics de Barcelona.

En Blai, que ja coneixia el camí, anava davant amb el

mòbil enganxat a l'orella mentre es comunicava amb la policia. Van passar per una terrassa on els estenedors estaven plens de roba que s'anava eixugant i, després d'obrir la porta, van baixar les escales sense fer soroll.

—Sssssst, és aquí! —va xiuxieujar en Blai posant-se el dit davant dels llavis en el moment que passaven per davant de la porta del pis.

Ja havien baixat dos pisos quan, tot d'una, van sentir un fort espetec i una trencadissa de vidres: un tret. Aquells bojos els estaven disparant sense contemplacions. Van baixar els esglaons de quatre en quatre i, quan van sortir al carrer, van pujar a la moto i van marxar a tot drap.

Semblava que estaven fora de perill quan un vell conegut de la Júlia els va interceptar amb un cotxe patrulla.

Era en Vilarassau!

—Ens tornem a trobar, senyoreta Júlia! —va dir el sergent.

—Ja era hora! Per fi han arribat! —va cridar en Blai.

—Calli immediatament i baixi de la moto si no vol tenir problemes!

En Blai, que no sabia amb qui parlava, va fer exactament el que li havien dit sense dubtar gens ni mica. No era qüestió de portar la contrària a un senyor que semblava que manava i que estava acompanyat de tres homes armari amb cara de pocs amics.

—Escolti, si us plau, el meu oncle està en perill i a nosaltres ens acaben de disparar! —explicava la Júlia mentre assenyalava la porteria d'on havien sortit.

—Què s'empatolla, ara? —va replicar en Vilarassau amb un somriure d'incredulitat—. El que ha de fer és donar-me tot allò que es va emportar del camió.

—D'acord, però primer salvi el meu tiet, que està en mans d'uns traficants de droga —va implorar la Júlia.

Abans que el sergent contestés, un mosso d'esquadra amb uniforme li va comentar alguna cosa a l'orella que li va fer canviar de cara.

—A on? —va preguntar tot posant-se la mà damunt de la pistola que portava sota l'aixella.

—És això el que li volíem explicar! —va cridar la Júlia quan va veure que marxava corrents.

—Porta'ls a comissaria! —va acabar ordenant el sergent a un dels seus acompanyants.

Un cop dintre del cotxe patrulla, en Blai va explicar a la Júlia que, quan tornava de comprar les pizzes i les coca-coles, va veure com sortia de casa acompanyada d'un home que al principi no va reconèixer. Els va seguir fins a l'aparcament i, després de veure el que li feien, va agafar la moto, va guardar les pizzes sota el seient i va anar darrere seu. Va entrar a l'edifici al cap d'uns minuts i va anar porta per porta (sort que eren pocs pisos i dues portes per replà), fent-se passar pel repartidor d'una pizzeria que havia oblidat l'adreça exacta on havia de portar els encàrrecs. Quan va arribar a l'últim pis i després de sentir els seus crits, va suposar que hi trobaria una terrassa. Així va ser. La resta ja la sabia.

Van arribar a la comissaria i els van deixar cada un en un despatx diferent, davant de dos miralls enormes.

A la Júlia el temps que es va esperar asseguda li va semblar una eternitat.

Quan es va obrir la porta i va aparèixer el sergent Vilarassau, va fer un bot que fins i tot va espantar els policies que l'acompanyaven.

—I el meu tiet? —va preguntar, nerviosa i preocupada per la resposta.

—Una mica atonyinat, però se'n sortirà. Bé, i ara suposo que no tindrà cap inconvenient a explicar-me tot el que ha passat, oi?

—Abans, però, li vull demanar un favor. Voldria saber com es troba el meu pare.

—Avui mateix he estat amb la seva mare per veure si teníem notícies d'on es trobava vostè, i li puc assegurar que el seu pare està molt millor i els metges són força optimistes...

—I al meu tiet, què li passarà?

—Això encara no li ho puc dir, però com que ja la conec una mica més, abans de venir a interrogar-la m'he passat una bona estona parlant amb el seu amiguet, en Blai. M'ha explicat tot el que sabia, el que havia vist a l'aparcament i des de la finestra del sostre de l'habitació on la tenien tancada. També he estat parlant amb el seu tiet i m'ha fet una confessió molt llarga...

—Què li ha dit?

—Si calla li ho explicaré.

—Perdó, perdó... És que estic molt nerviosa.

—Per què no beu una mica d'aigua i seu en aquesta cadira? Tenim força temps per explicar-nos tot aquest embolic, oi? I perquè vegi les meves bones intencions, començaré jo —va suggerir en Vilarassau amb un somriure mentre li oferia un got d'aigua.

D'aquesta manera la Júlia es va assabentar que el seu tiet no era el cap de l'organització, que això de viure a París era una tapadora: feia d'enllaç en l'arribada de la droga a França i també s'encarregava de distribuir-la per Barcelona i les Balears. El sergent també li va explicar que el seu pare no en sabia absolutament res i que utilitzaven el remolc del seu camió per transportar la droga que entrava pel riu. Tot plegat era força fàcil. Fins i tot els còmplices de l'oncle disposaven d'unes claus del camió i, quan ell estava dinant, feien tots els canvis necessaris. Coneixien molt bé la seva professió. Per cert, va aclarir en Vilarassau, el pare havia conegut l'alemany i l'altre individu quan va tornar del darrer viatge; l'oncle els hi havia presentat com a masovers de la masia, fent veure que acabava de comprar-la. Va ser aleshores quan es va adonar que el grafit del seu camió no era el mateix. L'oncle va testificar que havia dit a la seva germana, és a dir, a la mare de la Júlia, que se n'anava a Mallorca per qüestions de feina, la qual cosa no era pas veritat; el cert era que es trobava a Sant Jaume i, quan va veure que algú havia forçat les portes del remolc i de l'armari que hi havia dins del magatzem, de seguida va sospitar d'ella. No en va dir res als seus companys i, aprofitant que dormien, va anar a la barraca a veure si la trobava i avisar-la del perill que corria. Va tenir mala sort, ja que un cotxe dels Mossos d'Esquadra circulava pels voltants i tot plegat li va semblar massa arriscat. Llavors, per desgràcia, els esdeveniments es van precipitar i l'oncle, així que va veure com la tractaven aquells dos subjectes, no es va poder aguantar més i va decidir posar punt final a tot allò encara que li anés la vida.

—Així doncs, li puc assegurar —va concloure el comissari Vilarassau— que el seu tiet tindrà més sort del que podria semblar.

La Júlia, fixant-se altre cop en aquells ulls heterocromàtics, va agafar el got d'aigua que hi havia sobre la taula i en va fer un altre glop. Ara li tocava explicar la seva història, que, tot i que era una mica llarga, valia la pena de ser escoltada i més tenint en compte que tot plegat era una aventura amb un final agredolç, igual que «els cocs de maçana agra-dolça» que fan a Sant Jaume d'Enveja.

Si voleu més informació sobre els títols
d'aquesta col·lecció, consulteu el web
d'Editorial Barcanova:

www.barcanovainfantilijuvenil.cat